KB253098

# 전륜마라

轉輪魔羅

**단극 新무협 판타지 소설**
FANTASTIC ORIENTAL HEROES

# 전륜마라 4

단극 新무협 판타지 소설

초판 1쇄 찍은 날 § 2012년 3월 30일
초판 1쇄 펴낸 날 § 2012년 4월 2일

지은이 § 단극
펴낸이 § 서경석

편집부장 § 권태완
편집책임 § 주소영

펴낸곳 § 도서출판 청어람
등록번호 § 제1081-1-89호
등록일자 § 1999. 5. 31
어람번호 § 제2-2218호

주소 § 경기도 부천시 원미구 심곡2동 163-2 서경B/D 3F (우) 420-822
전화 § 032-656-4452 팩스 § 032-656-4453
http://www.chungeoram.com
E-mail § chungeoram@chungeoram.com

ⓒ 단극, 2011

ISBN 978-89-251-2829-0 04810
ISBN 978-89-251-2545-9 (세트)

# 전륜마라

轉輪魔羅

단극 新무협 판타지 소설
FANTASTIC ORIENTAL HEROES

**4**

[완결]

도서출판 청어람

# 目次

# 第一章
## 다가가는 발자국

영호에서 삼십 리가량 떨어진 마을의 한 객잔.

객잔 구석에 방을 얻은 목유현은 침상 위에 여동생을 눕혔다.

쌔액쌔액.

목소하는 평온한 숨을 내쉬며 깊은 잠에 빠져 있었다.

아마 활처럼 당겨진 긴장의 끈이 풀어져 그런 것이리라.

"……."

목유현은 싱긋 웃으며 고이 잠에 빠진 그녀의 머리를 쓰다듬었다.

"…오라버니."

그 손길이 좋았는지 목소하는 목유현을 부르며 몸을 뒤척였다.

"다행이다."

목유현은 평온하게 잠들어 있는 그녀의 모습을 보며 나직이 중얼거렸다.

조금만 늦었다면…….

거기서 사고가 나아가는 것조차 싫었다.

새로운 기회를 얻은 이 삶에서조차 지독한 후회를 남길 뻔했다. 소하에게 씻을 수 없는 상처를 남길 뻔했다.

"정말 다행이다."

목유현은 잠든 여동생의 손을 꼬옥 붙잡았다.

목유현은 목소하가 잠에서 깨어나지 않게 조심스레 밖으로 나왔다.

밖에는 두 사람이 그를 기다리고 있었다.

백화연과 뇌천패였다.


두 사람이 목유현과 마주친 시각은 그가 소하를 무사히 구출해 영호를 빠져나오고 있을 때였다.

목유현은 두 사람과 함께 영호에서 다소 떨어진 객잔으로 자리를 옮겼고, 이곳에서 목소하를 쉬게 했다.

마음 같아서는 벽월검문으로 소하를 데려가고 싶었지만 그곳까지의 거리가 부담스러웠다. 물론 전력으로 간다면 반나절 만에 주파할 수도 있지만 소하에게 부담을 주지 않고는 불가능한 방법이었다. 그리고 당연하게도 평온하게 잠들어 있는 여동생을 깨우고 싶지는 않았다.

"소하는 괜찮은가?"

백화연이 걱정스러운 얼굴로 물었다.

목유현은 말없이 고개를 끄덕였다.

"어떻게 할 거지?"

벽에 등을 기대고 서 있던 뇌천패가 물었다.

"네가 원하는 것이면 뭐든지 도와주지. 박살을 내든, 죽이든, 갈아 마셔 버리든 뭐든 말하는 대로 도와주지."

뇌천패의 이마는 한껏 찌푸려져 있었다.

"아니, 필요없어."

목유현은 뇌천패의 말에 고개를 저었다.

"흐음? 그 망할 새끼는 어떻게 할 거지? 네 여동생을 납치한 녀석들 말이야? 족쳐 버리지 않을 건가?"

"…그럴 리가."

목유현은 싱긋 미소를 지었다.

"호오……."

뇌천패는 목유현의 입가에 걸려 있는 웃음을 보며 마주 웃음을 지었다. 새파랗게 날이 선 칼날을 그대로 집어넣은 듯한 살벌한 웃음. 그것이 현재 목유현의 감정을 그대로 보여주고 있었다.

“크큭. 그거 좋군. 그럼 나는 무엇을 하면 되지? 설마 떡고
물도 주지 않을 생각은 아니겠지.”

“여기서 소하를 지켜줘.”

뇌천패는 다소 불만스러운 듯 눈썹을 찌푸리긴 했지만 이
내 고개를 끄덕였다.

“쓰읍. 나도 거기서 한바탕 하고 싶지만… 생각이 변하면
언제든 말하라고.”

“어떻게 할 생각인가?”

백화연이 다가와 물었다.

“어떻게 할 거냐고?”

목유현은 빙글 고개를 돌려 백화연을 마주 보았다.

목유현의 뇌리에 기상정의 모습이 떠올랐다.

그는 기상정을 죽이지 않았다.

소하에게 뻗은 빌어먹을 손을 자르고 발을 찢고, 목을 뜯어
버리고 싶었지만 그러지 않았다.

이유는 단순했다.

그 자리에서 죽이는 것은 너무나도 아까웠다.

소중한 동생에게 씻기 힘든 상처를 준 놈이다.

게다가 목유현의 예상이 맞는다면 과거의 여동생의 실종
도 기상정의 짓임이 분명하다.

과거의 죄와 지금의 죄.

절대 쉽게 보낼 수는 없었다.

기상정이란 인간을 이루는 모든 것.

그를 구성하는 모든 것.

하나하나 깨부수고 뒤틀어 버릴 것이다.

"지옥을 보여줘야지."

목유현의 입가에는 형언하기 힘들 정도의 스산한 미소가 걸려 있었다.

*　　　*　　　*

"그 빌어먹을 새끼를 당장 찾아내!! 내 앞으로 끌고 오란 말이야!!"

비사문주 기전궁의 외침에는 지독한 독기가 어려 있었다.

눈앞에는 온몸이 뒤틀린 채 정신을 잃은 아들의 모습이 보였다.

기상정의 입가에선 끊임없이 고통스런 신음성이 새어 나왔다.

그의 모습은 눈살이 절로 찌푸려질 정도로 심각했다.

다소 날이 서 보여도 미남형이었던 얼굴은 처참하게 뭉개져 누군지 구별조차 하기 힘들었고, 오뚝하게 서 있던 콧날은 엿 부러지듯 뚝 하고 부러져 있었다.

팔다리는 모두 부러져 있었고, 기괴한 방향으로 뒤틀려 있었다. 그 상태가 너무 심각해 쉽사리 뼈를 원래대로 맞추어놓

기조차 힘들 정도였다.

'못난 놈.'

기전궁은 이마를 찌푸렸다. 반쯤 뻗어 있는 기상정의 수하들에게 대강의 사정을 이미 전해 들었다. 쓸데없는 취미 때문에 이렇게 몸을 상하게 하다니. 정말이지 방탕한 아들이 너무나도 못 미더웠다.

그나마 다행인 것은 단전이 무사하다는 점이었다. 단전만 무사하다면 그래도 괜찮았다. 이대로 상태만 나아진다면 다시 예전으로 돌아갈 수 있었다.

물론 그렇다 한들 기전궁의 분노가 사라지는 것은 아니었다.


다시 돌아오겠다.


기상정의 가슴 위에 올려진 쪽지에는 그렇게 적혀 있었다.

"건방진 놈!"

하지만 그는 그 쪽지를 믿지 않았다. 단순히 시간을 끌려는 술책이리라 생각했다. 아니, 기상정을 이리 만든 놈을 그저 기다리고만 있을 수는 없었다.

"주변을 샅샅이 뒤져라. 민가, 상가 가리지 말고 모두 뒤져라. 모든 것은 내가 책임진다."

"옛! 알겠습니다."

비사문의 무사들은 그의 명을 받고 뛰어나갔다.

"네놈이 누구든 간에, 용서하지 않겠다. 죽여달라 애원해도 쉬이 죽여주지 않겠다. 온몸의 관절이란 관절은 모두 비틀고 박살을 내주지. 그리고 죽을 때까지 전신의 피부를 벗기고 그 위에 흙을 뿌려주겠다."

그는 기상정의 처참한 몰골을 바라보며 다시금 이를 갈았다.


단해의 눈살 또한 잔뜩 찌푸려져 있었다.

아직 정식으로 구배지례(九拜之禮)를 올리지는 않았다고 하나 기상정은 자신이 제자 삼기로 마음먹은 이였다.

그런 기상정이 반병신이 되어 쓰러져 있는 것을 보니 마음이 영 편치 않았다.

"기 문주, 너무 걱정하지 마십시오. 내 친우를 불러 이 아이를 돌보게 할 것입니다."

기전궁은 고통으로 신음하는 기상정의 손을 잡아주었다.

"친우라면?"

"탈골수(奪骨手) 자명과 천근지(穿筋指) 우송이 제 친우입니다."

"오오, 그 두 사람이라면 상정이의 치료를 도울 수 있겠군요."

두 사람은 기전궁도 이름을 들어본 이였다. 단해와 같이 정사지간의 무인으로 각각 금나(擒拿)와 지법의 달인이었다. 그들의 무공 기반은 분근(分筋), 사골(卸骨), 폐혈(閉穴)에 있었기에 근육과 관절의 손상을 치유하는 데에도 매우 능했다. 근손상과 접골에 한정한다면 그들은 무척이나 뛰어난 의원이기도 한 것이었다.

"그렇습니다. 마침 그들과 영호 근방에서 만남을 가지기로 했습니다. 내 그래서 그들을 마중 나가 데려오려 합니다. 늦어도 내일 즈음 도달할 것입니다."

게다가 그들은 단해에는 못 미쳐도 그에 필적하는 고수이기도 했다. 큰 전력이 됨은 물론이요, 인맥을 쌓을 수도 있는 기회였던 것이다.

"감사합니다. 단 대협."

기전궁은 단해의 손을 양손으로 붙잡으며 고개를 숙였다.

"아닙니다. 제 제자가 될 아이의 일이기도 합니다."

단해는 곧 비사문을 떠나 영호 근방 그들이 만나기로 한 곳으로 신형을 옮겼다.

그 또한 절대 예상하지 못했다.

그가 자리를 비운 사이 비사문에 어떤 일이 닥칠지를.


비사문은 최소한의 방어 전력을 제외한 모든 힘을 동원하여 영호 일대를 샅샅이 수색해 나갔다.

객잔, 의원, 상단, 민가에 이르기까지 광범위한 수색이었다.

　무차별한 수색에 사람들은 불만 어린 표정을 감추지 못했지만 차마 입 밖으로 꺼내는 이는 아무도 없었다.
　영호라는 지역에 있어 비사문은 관청과도 같은, 아니, 관청보다 더한 힘을 발휘하는 집단이었다.
　그들에게는 무력이 있었고, 난폭했으며 맹수와도 같았다. 영호에서 그들에게 저항하거나 반항한다는 것은 자살하고 싶다는 소리와 일맥상통했다.

　영호의 한 객잔.
　점심을 맞아 활기차게 북적거리는 객잔의 내부로 덩치가 산만한 장한들이 들이닥쳤다.
　"나… 나으리들. 무, 무슨 일입니까?"
　"방해된다. 비켜!!"
　나이 어린 점소이 하나가 험악한 인상으로 갑자기 쳐들어온 그들을 보며 떨리는 목소리로 질문했지만 그들은 귀찮다는 듯 점소이를 밀쳐 버렸다.
　"아악!"
　점소이가 비명을 지르며 나동그라졌지만 그들은 신경조차 쓰지 않았다.
　그들은 비사문의 무사들이었다.
　개중 가장 크고 인상이 험악한 사내의 턱짓에 다른 이들은 객잔을 뒤지기 시작했다.

사내는 비사문의 무력 단체 중 하나인 영사대의 대주였다.

"후딱 뒤져라. 여기 말고도 뒤져 볼 곳이 많으니 말이다."

"네!"

부하들은 객잔의 모든 방을 일일이 다 열어가며 수색해 나갔다.

그런 모습을 스윽 훑어보던 사내는 구석에서 부들부들 떨고 있는 객잔의 주인에게로 다가갔다.

"무… 무슨 일이십니까?"

객잔 주인은 끝도 없이 떨리는 눈으로 더듬더듬 말을 꺼냈다.

"아아. 별일 아니야. 우리가 사람을 찾고 있거든."

사내는 비릿하게 웃으며 그에게로 다가갔다.

"혹시 말이야, 스물 미만의 어린 여자와 함께 하는 남자를 본 적 있나? 여자의 미색이 제법 출중하다던데……."

스릉.

사내의 손이 검파에 닿더니 시퍼런 검날이 슬쩍 그 모습을 드러냈다.

사람의 연약한 살점 따위는 가볍게 도륙할 수 있는 그 흉기의 모습에 주인은 경기를 일으키며 고개를 저었다.

"히익. 모… 모릅니다. 오늘은 그런 손님은 전혀 받지 않았습니다."

"자알 생각해 봐. 너무 빨리 답하면 성의가 없어 보이잖아?"

어느덧 전신의 모습을 드러낸 칼이 슬그머니 주인의 목에 달라붙었다.

"정, 정말 모… 모릅니다. 믿어주십쇼."

꿀꺽.

목숨을 가볍게 앗아갈 흉기를 옆에 둔 주인의 목울대가 크게 진동했다.

"대주님, 다 뒤졌는데 없는뎁쇼?"

"여기도 그렇습니다."

위층을 뒤지던 수하들과 주방과 나머지를 뒤지던 수하들이 손을 털고 나오자 사내 또한 인상을 찌푸리며 뒤통수를 긁었다.

"어이, 아저씨."

"네… 넵!"

"우리가 악감정이 있어서 이러는 게 아닌 건 알지?"

"무… 물론입니다."

욕이 한 바가지로 나올 뻔했지만 필사적으로 참아냈다.

"혹시라도 그런 놈들 보면 바로 연락하고, 숨기면 정말 재미없을 거야."

"아… 알겠습니다."

빠릿빠릿하게 대답하는 주인의 모습이 썩 만족스러웠는지

사내는 칼날로 톡톡 주인의 목을 두들기더니 이내 칼집으로 다시 집어넣었다.

"가자! 애들아."

"아니. 그럴 필요 없어."

그때 객잔 입구에서 누군가의 말이 그의 말을 막아섰다.

"응?"

사람들의 시선이 일제히 입구로 향했다.

입구에 서 있는 것은 일견 왜소해 보이는 인상의 청년이었다.

그는 비릿한 미소를 지으며 객잔 내부를 관조하고 있었다.

"네놈은 뭐하는 새끼냐?"

입구 근처에 있던 비사문의 문도 하나가 주변의 의자를 쥐고는 냅다 휘둘렀다.

청년의 뒤에서 갑작스레 휘두른 습격이었다. 그 장면을 본 이들은 모두 같은 미래를 떠올렸다. 청년의 뒤통수가 수박마냥 깨져 피범벅으로 땅을 뒹구는 그런 예상을 말이다.

하지만 눈에 보이는 것은 그들의 예상과 달랐다.

문도가 휘두른 의자는 마치 애초에 위해를 가할 생각이 없는 것 마냥 청년의 바로 옆, 애꿎은 바닥을 내리찍었다.

퍽.

그리고는 청년이 휘두른 주먹에 맞고는 날아갔다.

객잔 주인은 사람이 공처럼 하늘을 날 수 있다는 것을 그때 처음 보았다.

벽과 얼굴을 마주한 문도는 눈을 까뒤집고는 그대로 혼절해 버렸다.

챙.

그 모습을 보고는 객잔 안 비사문 문도 전원이 칼을 뽑아 들었다.

"누구냐? 뭐하는 놈이냐?"

역시 칼을 뽑아 든 사내의 물음에 청년은 비릿한 미소를 지었다.

"나? 네놈들이 열렬히 찾아다니던 사람이다."

그들을 바라보는 목유현의 눈동자는 서늘하게 빛나고 있었다.


*　　　　*　　　　*


"안 돼!!"

누군가 소리를 지른다.

하지만 전혀 신경 쓰지 않는다.

하찮은 벌레의 비명 따윈 일고의 가치도 없으니까.

나는 왕이다.

그리 크지 않은 땅이지만, 여기에서만은 나는 왕이었다.

내 뒤의 든든한 배경이 어떤 이견조차도 나를 침해하지 못하게 했다.

누구도 내 말을 거역하지 못했고, 내가 바라는 것이면 무엇이든 이루어졌다.

온갖 산해진미와 명주, 미효, 심지어 여자까지도 내 말 한마디면 모두 취할 수 있었다.

설사 남의 것이라도, 남의 여자라도 상관없었다. 자신에게는 힘이 있으니까. 수많은 원한이 자신에게 향하는 것조차 기분 좋았다.

수없이 많은 원한에 둘러싸인 채로 살아 있을 수 있다는 것조차 힘있는 자의 특권이니까.

하지만.

"더러운 얼굴 치워. 개 같은 자식아."

누군가의 주먹이 얼굴을 내리쳤다.

누군가의 발이 팔을 짓밟고 뒤틀어 버렸다.

누군가의 손이 다리를 붙잡고 꺾어버렸다.

코가 완전히 무너져 뭉개졌다.

입에서는 고통에 찬 신음이 튀어 나왔다.

이가 부러져 입안에서 통통 튀며 돌아다녔다.

열 개의 손가락, 열 개의 발가락 모두 부러졌다.

근육이 찢어지고 관절이 망가졌다.

누군가의 손길은 아주 정성스럽게 그의 몸을 망가뜨려 갔다.

"그만!! 그만해!!"

겨우겨우 힘을 모아 비명을 질렀지만 그는 듣지 않았다.

두 눈에 들어오는 것은 실로 무기질한 느낌을 풍기는 가면과 그 눈구멍 사이로 비치는 차가운 눈동자뿐이었다.

가면 속의 눈동자는 그저 기계처럼 자신의 몸을 망가뜨리고 있었다.

"으악!!"

안구에 무언가가 닥쳐왔다. 물컹하는 이물감이 잠시 들더니 이내 익숙해지지도 않는 끔찍한 고통과 함께 시야가 점멸하고는 시력이 점점 상실되어 갔다.

"아프냐?"

자신을 망가뜨리던 그가 물었다.

"…크윽."

고통이 목 끝까지 치밀어 올라 있었기에 대답하지 못했다.

"근데 말이지. 이게 끝이 아니야."

'…응?

무엇을 말하려는 것이지? 끝이 아니라고?

나무로 깎아 만든 가면의 굳은 입매가 무기력하게 엎어진 자신을 비웃고 있는 것 같았다. 가면 속의 목소리는 이죽거리며 그의 가슴에 발을 올려놓았다. 횡격막의 중심이자 인체의 급소, 명치를 정확히 밟은 발가락이 꾸욱 하고 무게를 더했다.

“…으!!”

그와 동시에 정신이 새하얗게 탈색될 듯한 고통이 전신을 뒤덮었지만 숨이 턱하고 막혀 입조차 열지 못했다.

“하나하나씩 꺾고 비틀어줄게. 이 문파도, 네 주변의 사람들도. 이렇게, 네 팔다리처럼 말이야. 그리고 그 마지막은 다시 네 녀석이다. 그러니 꼭 기대하고 있으라고.”

멀어져 가는 의식 너머로 차가운 목소리만이 귓가를 맴돌며 기억 어딘가에 끈적끈적하게 달라붙었다.


“하악!”

기상정은 신음성을 내뱉으며 침상에서 몸을 뒤척거렸다.

“크윽!”

정신을 차림과 동시에 엄청난 고통이 그를 엄습했다.

의식이 날아가 버릴 정도의 고통이었다.

하지만 모순되게도 그 고통이 멀어져 가려는 의식을 다시금 붙잡고 놓아주지 않았다.

세포 하나하나가 절구에 짓이겨지고 있는 듯한 고통이었다. 목유현이 불어넣은 마라의 기운이 그의 전신을 헤집으며 끝없이 통증을 자아내고 있었다.

차라리 의식을 놓아버리면 이 고통에서 해방될 수 있으련만 고통이 의식을 벽에 못 박듯 단단히 붙들고 있었다.

“으윽……”

기상정은 귀가 저려왔다.

여러 가지 소리가 한꺼번에 귀로 몰려들어 고막을 자극하고 있었다.

무사들이 웅성거리는 소리도, 하인들이 주변을 오가는 소리도 모두 빠짐없이 귀로 흘러들어 왔다.

마치 자신의 귀 대신 커다란 귀가 달린 것 같은 느낌이었다.

"상정아, 정신이 드느냐?"

떨어져 있던 기전궁이 기상정의 신음소리를 듣고 다가왔다.

기상정은 고개를 돌렸다.

하지만 두터운 천에 가려진 눈에는 아무것도 보이지 않았다. 두 눈이 있던 자리에서 느껴지는 것은 단지 송곳으로 후벼 판 듯한 고통뿐이었다.

하지만 목소리만으로 자신을 부른 이가 누군지는 알 수 있었다.

"아… 아버지?"

"오오! 이제 의식을 찾았구나."

기전궁은 기상정의 손을 양손으로 움켜쥐었다.

"윽."

피부와 피부가 맞닿는 약간의 자극마저도 번개에 관통되는 듯한 고통으로 들이닥쳤다.

“제 눈은? 제 몸은 어떻게 되었죠? 네? 아버지?”

기상정은 지독한 고통에 몸부림치며 물었다.

“괜찮다. 너를 치료할 사람들이 여기 있다.”

옆에는 이미 비사문도들에 의해 끌려온 의원들이 두려움을 담은 눈빛으로 이쪽을 바라보고 있었다.

“아파요, 너무 아파요.”

기상정의 입에서는 쉴 새 없이 고통의 비명이 새어 나왔다. 전신의 고통도 고통이었지만 주변이 너무 시끄러웠다.

비정상적으로 깨어 있는 청각이 주변의 소리를 너무 많이 받아들이고 있었다.

“안심해라. 이제 너를 해치려는 이가 다시는 접근하지 못하게 할 터이니. 그리고 너를 치료할 다른 이들도 이리로 오고 있단다.”

“으윽.”

기상정의 신음이 멈추질 않자, 기전궁은 옆의 의원에게 시선을 보냈다. 그는 조심스레 약을 담은 그릇을 기전궁에게 주었다.

“아편을 섞은 약이다. 고통을 조금이나마 덜어줄 것이야.”

기전궁은 조심스레 기상정의 몸을 일으켜 입에 약을 흘려넣어주었다.

얼마 지나지 않아, 고통스런 신음성은 잦아들었다.

“그보다… 너를 이리 만든 자의 얼굴을 기억하느냐?”

기상정이 어느 정도 안정을 찾은 것을 확인한 기전궁이 물었다.

대강의 정보는 기상정이 부리는 이들에게서 들을 수 있었지만 단지 그것뿐이었다.

정확한 인상착의를 알아야 기상정을 이리 만든 이에게 똑같이, 아니, 열 배로 되갚아줄 수 있었다.

'나를 이리 만든 자?

팔을 부러뜨리고 다리를 박살 내고 전신을 망가뜨린 남자.

격렬한 증오와 비웃음을 머금은 목유현의 얼굴이 번개처럼 뇌리를 스치고 지나갔다.

"히익!"

전신이 요동쳤다.

목유현의 얼굴을 떠올리는 것만으로도 전신이 떨려왔다.

'아직 멀었어. 이게 끝이 아니야.'

자신을 이루는 모든 것을 박살 내주겠다고.

하나하나 부러뜨리고 꺾어버리겠다고 말하는 목유현의 눈동자는 형언하기 힘들 정도로 짙은 살의를 머금고 있었다.

그 눈동자를 다시금 떠올리는 순간 몸의 떨림이 도저히 멈추지 않았다.

"다시 찾아온다고 했어요. 그 녀석이, 그놈이, 다시 찾아와 내가 가진 모든 것을 박살 낸다고 했어요. 으악!!"

　기상정은 공포에 파묻혀 발버둥쳤다.

　하지만 그의 몸은 그의 명령에 제대로 반응조차 하지 못했다.

　팔다리는 모두 부러져 있었고, 근육들은 죄다 찢어져 있었다.

　기전궁은 한숨을 내쉬며 다시금 아들의 얼굴을 붙잡고 약을 흘려 넣었다.

　진정효과가 있는 아편을 섞은 약이 식도를 통해 체내로 들어가자, 이리저리 꿈틀대던 기상정의 몸이 다소 안정을 찾았다.

　"진정해라."

　기전궁은 그릇을 옆에 내려놓으며 기상정의 어깨를 꽈악 붙잡았다.

　"우리는 비사문이다. 비사문의 전력이 너를 지키고 있다. 그러니 아무도 너를 다시는 해하지 못할 것이다."

　기전궁의 말에는 짙은 자신감이 배어 있었다.

　기상정 또한 그 짙게 배인 자신감을 느낄 수 있었다.

　그 말은 이루어 헤아릴 수 없을 정도로 든든함을 느끼게 했다.

　하긴 그랬다.

　아무리 그 악귀 같은 놈이 자신을 해하려 든다 해도 그보다 먼저 비사문의 전력을 상대해야 하는 것이다. 그것은 절대 쉬운 일이, 아니, 가능한 일이 아니었다.

그래, 자신은 이렇게 공포에 떨고 있을 필요가 없는 것이다.

맞잡은 기전궁의 손에서 느껴지는 온기에 기상정의 몸에서 떨림이 점점 사라져 갔다.

"이제 걱정할 필요 없단다."

"…네."

기상정은 적잖이 안심한 모습으로 고개를 끄덕였다.

이제 겨우 전신을 헤집던 공포가 조금은 수그러드는 것 같았다.

그때였다.

쿵.

무언가 둔탁한 소리가 문을 두들겼다.

"누구냐?"

기전궁이 날카로운 목소리로 물었지만 대답은 들리지 않았다. 대신,

쿵. 쿵. 쿵.

둔탁한 소리가 연달아 문을 두들겼다.

순간 실내의 모든 이들의 눈에 살기가 감돌았다. 무언가 이상한 낌새를 느낀 것 같았다.

"누구냐고 물었다!!"

쾅.

기전궁의 목소리가 터짐과 동시에 문이 박살 나며 둔중한 무언가가 모습을 드러냈다.

"헉!"

그 모습을 확인함과 동시에 실내의 모든 이들은 경악성을 지를 수밖에 없었다.

"이… 이럴 수가……."

문을 부수고 쏟아져 나온 것은 정신을 잃고 쓰러진 인영들이었다.

다들 팔다리가 모두 비틀어지고 눈을 까뒤집은 채로 쓰러져 있었다.

문을 두들기는 소리란 바로 이들이 쓰러지면서 문과 부딪친 소리였던 것이다.

그리고 그들의 정체는 비사문의 주력 중 하나이자 수색에 나섰던 영사대였다.

놀란 무사들 중 한 사람이 그들에게로 뛰어갔다. 그들의 입에서 고통스런 신음이 끊임없이 흘러나오는 것으로 보아 모두 생명에는 지장이 없어 보였다.

그리고 그들의 위에는 쪽지 하나가 놓여 있었다.

무사는 자신도 모르게 그 쪽지를 집었다.

쪽지에는 단 하나의 문장만이 적혀 있었다.


이제부터 시작이다.

무사가 무심코 읽은 쪽지의 내용에, 겨우 묻어져 가던 기상정의 공포가 되살아났다.

비사문이라는 자신을 지켜줄 방패가 가져다주는 안도감은 어느새 다시 무너져 버렸다.

그는 전신이 걸레처럼 너덜너덜해져 제대로 운신조차 할 수 없음에도 끓어오르는 공포를 이기지 못하고 날뛰었다. 수혈을 짚는 것조차 그의 의식을 재우지 못했다.

잠시 정신을 잃었다가도 영혼조차 표백시킬 법한 고통에 의해 벌떡 깨어나 버리는 것이었다.

신체 내부를 잠식하는 마라의 기운이 기상정이 잠시 고통을 피해 잠드는 것조차 허락하지 않고 있었다.

정신이 나간 것처럼 발광하던 그는 무사 셋이 달라붙어 겨우 진정시킬 수 있었다.

"크악!!"

"밖에 나가 있는 모두를 불러들여라!"

기전궁은 옆에 부복하고 있던 무사에게 명령했다.

그의 얼굴은 납을 부어놓은 것 마냥 딱딱하기 그지없었다.

그들 중 누구도 목유현이 저들을 끌고 다가온 것을 눈치채지 못했다. 눈앞에서 그들을 조롱함에도 아무도 알아채지 못한 것이다.

분노보다도 먼저 치밀어 오르는 것은 경계심.

상대는 생각보다 고수임이 틀림없었다.

영사대는 전신이 뒤틀리고 단전이 박살 나 있었다. 회복할 가능성이 없는 것은 아니었지만, 다시는 무인으로서의 기능은 바랄 수조차 없어 보였다.

저들을 저렇게 제압하고 자신들 중, 그리고 비사문의 누구도 눈치채지 못하게 운반했다는 것은 또 다른 가능성을 떠올리게 했다.

그것은 자신들이 경계해야 할 상대가 단수가 아니라는 것.

홀로가 아닌 무리일 수도 있는 가능성이었다.

아니, 확률적으로 생각해 보면 오히려 혼자라고 생각하는 것이 더욱 말이 되지 않았다.

그렇다면 밖에 수색을 보낸 부하들이 위험했다.

영사대가 당한 것처럼 각개격파를 당할 수도 있다.

"당장 신호를 보내라! 당장!"

기전궁의 말에 부하들이 밖으로 뛰쳐나갔다.

그리고 하늘 위로 폭죽 하나가 솟아올랐다.

낮임에도 불구하고 영호 전역에서 보일 정도로 환한 빛을 발하는 폭죽이었다.

폭죽의 색은 붉은색이었고 그 의미는 전원 철수를 뜻하는 것이었다.

비사문의 문도들은 지시에 따라 모두 비사문으로 철수했다.

기전궁은 방비를 철저히 하라 명했다.

언제 적들이 다시 쳐들어올지 몰랐다.

방금 전까지만 해도 다시 온다는 쪽지에 적힌 말을 단순 허풍이라 생각했다. 하지만 걸레처럼 땅에 널브러져 쌓인 영사대의 이들을 본 이상 그런 생각 따윈 이미 머릿속에 존재하지도 않았다.

비사문의 모든 전력이 동원되어 철벽과도 같이 주변을 경계했다.

그러나 적은 나타나지 않았다.

그리고 시간이 흘러 해가 지고,

어둠이 세상을 뒤덮었다.


밤이 깊었다.

달조차 뜨지 않은 밤은 한 치 앞도 보이지 않을 정도로 어두웠다.

그런 어둠을 몰아내기 위해 비사문 곳곳에는 화톳불이 피어오르고 있었다.

"흐암."

화톳불 옆에서 무사 하나가 입이 쩍 벌어져라 하품을 했다. 하루 온종일을 경계태세로 보냈더니 꽤나 피곤한 모양이었다.

"입 찢어지겠다."

“졸려 죽겠는데 어쩌라고?”

옆에서 같이 경계를 서던 동료의 타박에도 무사의 입은 여전히 신선한 공기를 갈구하며 쩍 벌어져 있었다.

“이게 뭔 개고생이냐.”

“그러게 말이다.”

두 사람은 투덜거렸다.

낮부터 시작된 비상경계령으로 엉덩이를 땅에 붙여놓을 여유조차 없을 정도로 바쁜 하루를 보냈다.

어제 받은 봉급으로 저녁에 기루에서 거하게 놀기로 약속했기에 두 사람의 불만은 더욱 컸다.

“아, 술이 고프다.”

“그러게.”

“듣자 하니, 소문주의 병신 같은 취미 때문에 이 난리가 벌어졌다며?”

“그렇다더라.”

“아… 좀 작작하지.”

“그러게 말이다.”

“짜증난다. 정말.”

“누가 아니래냐?”

두 사람은 발끝으로 땅을 파며 연신 투덜거렸다.

두 사람 다 애초에 거리의 한량으로 지내다 얼마 전 비사문의 문도로 들어온 이들이었기에 충성심은 그다지 없었다. 그런 그들에게 본청에서 거하게 뻗어 있는 기상정의 모습은 병신이 병신 짓 하다 병신 꼴 난 것에 지나지 않았다.

"그런데 말이야. 어찌 좀 주변이 너무 조용하지 않냐?"

그의 말처럼 주변은 조용했다.

방금 전까지만 해도 횃불을 들고 돌아다니는 사람들과 무언가를 지시하는 상관들이 발하는 소리가 곳곳에서 들렸지만 지금은 하나도 들리지 않았다.

"갑자기 조용해지니 좀 으스스한 느낌이 드네."

"……."

과연 그랬다.

아무리 화톳불을 사방에 놓아 불을 밝혀놓는다 하더라도 적막하기 짝이 없는 야밤의 모습은 마음 깊은 곳의 원초적인 공포를 자아내기에 충분했다.

"넌 왜 갑자기 벙어리가 되었냐?"

게다가 자신의 바로 뒤에 서 있던 동료마저도 갑자기 꿀 먹은 벙어리처럼 아무런 말을 하지 않았다. 마치 사라진 것인 양.

동료의 입이 다물어진 이유는 금세 알 수 있었다.

"팔자 좋군."

"응? 누… 누구냐?"

무사는 갑작스레 옆에서 들린 소리에 깜작 놀라 고개를 돌렸다.

“누구긴.”

갑작스레 나타난 인영은 손을 뻗어 무사의 이마를 찰싹 하고 때렸다.

“네 상관이시다.”

모습을 드러낸 이는 무사의 상관이었다.

무사보다 머리 하나는 큰 그는 영호 뒷골목을 주먹 하나로 평정한 이로, 비사문에서는 그 명성을 높이 사 그를 특별히 높은 대우로 끌어들였다.

“인마. 경계를 서랬더니 뭘 입을 그리 조잘조잘 떠들고 있는 거냐?

상관은 무사의 이마를 연신 찰싹찰싹 때려댔다.

‘이래서 입을 다문 거구나. 치사하게스리. 나도 살려줘야지.’

과거 주먹 하나로 뒷골목을 평정한 이력답게 상관의 성격은 말보다 주먹이 먼저 나가는 일이 다반사였다.

그의 그런 성향은 비사문 내에서 너무나도 잘 알려져 있었다. 아마도 옆에 서 있던 동료는 이 상관의 모습을 보고 입을 다문 것이리라.

“지금 문파의 분위기가 이런데 그렇게 여유롭게 잡담을 할 생각이 드냐?”

“죄… 죄송합니다.”

무사는 일단 고개를 숙였다.

혹여 쓸데없는 변명을 꺼냈다가 괜한 매를 벌 생각은 조금도 없었다.

그저 고개를 숙이고 상황을 넘기고 보는 것이 이 상관을 상대하는 최선의 방법이란 사실을 너무나도 잘 알고 있었다.

"주변에 문제는 없냐?"

"그렇습니다."

조금이라도 밉보인 점을 만회하기 위해 무사는 큰 소리로 답했다.

그 대답에 상관은 고개를 갸웃거리더니 다시 물었다.

"그런데 네 옆에 있어야 하는 놈은 어디로 갔냐?"

"…네?"

무사는 깜짝 놀라 옆을 바라보았다.

하지만 고개를 돌린 곳에는 어둠과 침묵만이 자리하고 있을 뿐이었다.

"어, 어라? 어디 갔지?"

동료가 자신의 옆을 떠나는 어떤 기척도 소리도 느끼지 못했다.

그저 입을 열지 않을 뿐 계속 옆에 있다고 생각하고 있었다. 아니, 다른 것이 아니었다. 분명 뒤에서는 인기척이 느껴졌기 때문이었다.

갑자기 등골이 서늘해졌다. 그럼 지금까지 느껴지던 존재감의 주인은 누구란 말인가?

펵.

둔탁한 소리와 함께 뒷목 연수 부근에 강렬한 충격이 덮쳐
왔다. 간결하면서도 정확한 일격은 무사의 의식을 순식간에
날려 버리기 충분했다.

"…큭."

흐려져 가는 의식, 감겨져 가는 눈 사이로 역시 같은 일격
을 맞고 쓰러지는 상관의 모습이 들어왔다.

가까이 오는 것도, 손을 쓰는 것도, 어느 것 또한 눈치채지
못했다. 분명 자신은 감당하지 못할 고수임이 틀림없었다.

정신이 흐려지고 있었다.

그리고 무사의 의식은 거기에서 더 이상의 사고를 이어나
가지 못했다.


목유현은 쓰러진 이들을 무심한 눈으로 바라보았다.

그리고는 모두 아혈과 수혈을 다시 짚은 후 단전을 폐하고
양팔과 양다리의 인대를 모두 끊어버렸다.

다시는 무공을 익히지 못하는 몸으로 만들어 버린 것이다.
그리고 으슥한 곳으로 데려가 던져 버렸다.

그들을 이렇게 만드는 데는 조금의 주저도 없었다.

목유현은 비사문의 최후를 기억하고 있었다.

그의 기억 속 비사문은 결국 그들이 저지른 죄업에 의해 멸

문당했다.

강서성 남부 정도문파들이 연합하여 그들을 단죄했고, 그들은 나름 선전하며 버텼으나 그리 오랜 시간을 허비하게 하진 않았다.

그리고 그들을 멸문시키고 난 후, 영호 근방에 있었던 불가사의한 사건들 아낙네와 어린아이의 실종, 원인 모를 살인사건들 대부분이 비사문에 의해 벌어진 것으로 밝혀졌다.

특정 비사문도에 의한 것이 아니었다. 문파 소속원 대부분이 관여되어 있었다. 한마디로 대부분 개 같은 새끼들이었던 것이다. 그런 놈들에게 손을 대는데 굳이 주저할 필요가 있는가?

반병신이 된 그들을 보며 목유현은 스스로에게 되뇌었다.

슬쩍 밖으로 나온 목유현은 주변을 돌아보았다.

비사문 내부는 경계의 눈길로 가득했다.

목유현은 마라를 끌어 올리고는 다시 어둠 속으로 스며들어 갔다.

마라의 공능 중 하나는 공간 속의 기운을 완벽에 가까울 정도로 통제하는 것. 특급 살수와 비견될 정도로 그 기척을 차단할 수 있었다. 오늘처럼 달빛 한 점 비치지 않는 어두운 밤이라면 바로 한 치 앞에 있어도 눈치채기 힘들 정도였다.

목유현은 신형을 움직였다.

마치 어둠이 밀어내는 듯한 기묘한 움직임으로 그는 아무런 기척조차 내지 않은 채로 앞으로 나아갔다.


"으윽!!!"

방 안에서는 연신 기상정의 고통에 찬 신음성이 반복되고 있었다.

영혼이 타버리는 듯한 극심한 고통에 의식을 놔버리는 것조차 마음대로 할 수 없었다. 마치 고통의 손길이 의식의 목줄기를 붙잡고 있는 것 같았다.

"왜 내 아들이 잠들지 못하는 건가!!"

기전궁의 고성에 의원들은 기가 팍 죽은 채 눈치를 보았다. 그나마 고개를 세우고 빳빳하게 답하던 의원 하나가 일수에 머리가 깨져 명을 달리하는 모습을 보았기 때문이었다.

"그… 그게 소문주의 전신에서 발원하는 고통이 너무 심한지라 강한 진정효과가 있는 약재마저 그 효력이 무효화되고 마는 것 같습니다."

"그럼 더 강한 약재를 쓰면 될 것이 아닌가?"

"버… 벌써 치사량에 가까워졌습니다. 더 이상은 목숨이 위험할 가능성도 배제할 수 없습니다."

의원들은 슬그머니 기상정의 면면을 살펴보았다.

진정효과와 진통효과가 있는 아편의 과대 사용으로 인해 이미 주기적인 호흡과 동공의 축소 현상이 보이고 있었다. 맥또한 점점 줄어들고 있으니 더 이상 아편을 썼다가는 말 그대로 생명이 위험할 수도 있었다.

"그럼 지켜만 보고 있자는 건가?"

"이… 일단 손을 더 써보겠습니다."

말은 그렇게 했지만 이미 많은 방법들을 시도해 보았다. 하지만 그중 어떠한 것도 기상정의 고통을 덜어주지 못했다.

"무… 문주님!!"

그때 문밖에서 누군가가 내부로 뛰어들어 왔다.

들어온 이는 비사문의 총관이었다.

얼굴이 유난히 길쭉한 것이 흡사 말을 떠오르게 하는 그의 표정에는 당황스런 긴장감이 잔뜩 어려 있었다.

"무슨 일이냐?"

기전궁 또한 그의 얼굴에 어려 있는 감정을 읽었는지 굳은 얼굴로 되물었다.

"창고가 불타고 있습니다. 지금 인원들을 급파해 불을 끄고는 있습니다만, 이미 반 정도는 불타 버린 듯합니다."

"무어라?"

그리고 그때 또 다른 무사 하나가 달려왔다.

"문주님! 적사대 소속 무사 여섯이 실종되었습니다. 사람을 풀어 찾아보고 있습니다만, 적의 소행인 것으로 추정됩니다."

"뭐라고?"

"문주님! 토사대 소속 무사들도 몇 명이 사라졌습니다."

“뭣이!! 너희는 무엇을 하고 있었던 것이냐?”

마치 둑이 터진 것 마냥 다급한 표정의 수하들이 비보를 전해오기 시작했다.

그 소식들이 귀에 하나씩 더 들어갈수록 기전궁의 얼굴이 점점 분노와 혼란으로 점철되어 갔다.

그리고.

퍽. 퍽.

마치 그 화제가 나오기를 기다린 것 마냥 열린 문으로 무언가 둔탁한 것들이 떨어졌다.

기분 나쁜 소리와 함께 떨어진 것은 적사대의 무사들이었다.

입에 게거품을 물고 눈을 까뒤집은 이들은 목숨은 붙어 있었지만 절대 정상으로 보이지는 않았다.

기전궁의 얼굴이 순식간에 붉어졌다.

“무사들은 무엇을 하고 있는 것이냐! 당장 쫓아라. 아직 주변을 벗어나지 못했을 것이야!!”

“옛!”

부하들이 그의 명령과 동시에 뛰쳐나갔다.

“아악!! 그 녀석이야! 그 녀석이라고. 날 잡으러 온다고 했어. 내 팔을 다시 꺾고, 다리를 다시 박살 내버린다고 했어!”

기상정은 급박하게 전해지는 소식을 듣고는 다시 날뛰기 시작했다. 눈은 막혀 있었지만 귀는 멀쩡했다. 기상정의 그

귀로 들려오는 것은 그의 목을 조여오기 위해 다가오는 목유현의 발소리였다. 환청처럼 들려오는 그 발소리가 기상정의 정신을 갉아먹고 있었다.

침상 옆에서 사람들이 그를 붙잡고 있었지만 미친 것 마냥 몸을 비틀고 있었다.


방 안에서 들려오는 공포에 질린 기상정의 목소리에 목유현은 미소를 머금었다.

목유현은 방금 기상정이 머무는 방 안에 막 반병신이 된 비사문의 문도 세 명을 던져 넣었다.

이와 같은 행동을 반복하는 것도 벌써 여섯 번째, 무력화시켜 던져 넣은 문도 수도 삼십에 달했다.

횟수가 더해갈수록 비사문 내와 기상정 주변의 호위도 두터워졌지만 목유현에게 있어 그런 것 따위는 아무런 상관도 없었다.

"무사들은 무엇을 하고 있는 것이냐! 당장 쫓아라. 아직 주변을 벗어나지 못했을 것이야!!"

내부에서 기상정의 신음을 반주 삼아 기전궁의 호통 소리가 울려 퍼졌다. 그의 주변을 경호하던 이들이 칼을 뽑아 든 채 뛰쳐나왔지만 이미 목유현은 어둠에 녹아들어 있었다.

그렇기에 아무도 그가 다시 기상정이 머무는 건물 지붕으로 돌아왔다는 것을 눈치채지 못했다.

지붕 위에서 목유현은 다시 건물 내부의 동태를 파악하고 있었다.

건물 내부에선 연신 호통 소리가 들려왔다.

"도대체 누구를 건드린 것이야? 도대체 누구인 것이냐?"

기전궁은 손에 잡히는 도자기 하나를 집어 던져 버렸다.

쨍그랑.

제법 값이 나가 보이는 새하얀 도자기는 벽에 그 몸체를 부딪치고는 그 생을 달리했다.

"도대체 어떤 놈들이기에, 꼬리 하나 잡지 못하는 것이야!!"

연신 쏟아지는 그의 고함 소리에 측근들은 고개조차 들지 못하고 있었다.


비사문 전역을 넉넉하게 포함하던 그들의 경계구역도 점점 줄어 들어갔다.

어쩔 수 없었다.

조금이라도 사람들의 눈에서 멀어지는 조원들은 어김없이 사라져 버렸고, 이내 반병신이 되어 기상정의 앞에 버려졌다.

당연히 경계구역은 점점 기상정과 기전궁이 있는 문주전 주변을 중심으로 줄어들었다.

결국 기전궁이 내린 판단은 남은 모두를 문주전 앞으로 모으는 것이었다.

적의 정체도, 그 그림자의 편린마저도 파악하지 못한 상태
에 더 이상의 피해는 절대 용납할 수 없었다.

"크큭. 우스운 꼴이군. 이백에 달하는 비사문이 영문도 모
를 놈들에게 당해 이렇게 움츠러들어 있다니."

기전궁은 낮고 씁쓸하게 읊조렸다.

그나마 다행인 것은 반병신이 되어 더 이상 쓸모가 없는 수
하들은 거의가 금방 대체할 수 있는 소모품들이었다는 점이
었다.

쉬이 대체하기 힘든, 알짜배기라 할 수 있는 정예들은 대부
분 남아 있었다.

"문주님, 광룡대 십팔인, 모두 무사합니다."

"문주, 장로 다섯 명 또한 모두 모였소."

비사문의 핵심이라 할 수 있는 이들이 아직 그대로 남아 있
었다.

이것으로 되었다. 여기서 더 피해를 입지 않는다면 얼마든
지 복구할 수 있었다.

불안해하는 기상정에게 아직 정예들이 남았다고 안심시켰
다.

그랬기에 기상정 또한 체내에 잔류하는 마라의 기운에 의
해 고통에 떨면서도 아직 희망의 끈을 겨우 붙잡고 있었다.

하지만 기전궁과 기상정은 꿈에도 생각하지 못했다.

정예들이 당하지 않은 것조차 목유현의 의도라는 것을.

"모두 뭉쳐 날이 밝을 때까지 버텨라! 불을 좀 더 밝히고 주변을 경계해라!"

기전궁의 외침이 문주전 앞에 모인 비사문 문도들의 귀에 각인되었다.

더 이상 방심하는 이는 없었다.

벌써 두 자리 수에 달하는 동료들이 반병신이 되는 꼴을 모두들 똑똑히 보았기 때문이었다.

"적은 어둠을 통해 습격한다. 날이 밝으면 그 수법 또한 뻔히 보일 터이니, 조금만 더 버티면 되는 것이다."

수하들의 증언을 종합한 결과, 적은 대부분 어둠 속에 몸을 숨기고 있다 습격을 자행했다는 결론이 나왔다. 그럼 일단 이 어둠이 가시면 위협이 어느 정도, 잘하면 대부분 줄어들 수도 있었다.

"아니 굳이 그때까지 기다릴 필요도 없어."

그때 정면에서 누군가의 목소리가 들려왔다.

"누구냐!!"

비사문의 장로 중 한 사람이 버럭 고함을 질렀다.

"마침 모두 모였군. 이리저리 돌아다니는 것도 지쳐 가는데 말이야. 정말 잘되었군."

모습을 드러낸 것은 무기질한 푸른 가면을 쓴 사내, 목유현이었다.

목유현은 활활 타오르며 어둠을 밝히는 불빛 너머, 모두 모여 있는 비사문의 문도들을 바라보며 미소를 지었다.

"자, 이제 마지막이다."

그는 웃음을 머금었다.

이미 기상정에게 주요리에 앞서 전채를 충분히 선사해 주었다.

그리고 이제 주공연의 막이 오를 시간이다. 기상정이 기상정으로서 행동할 수 있게 해주는 원천, 비사문의 전부를 박살 내버릴 것이다.

그리고 기상정이란 인간이 얼마나 쓸모없고, 또한 어떤 죄를 저질렀는지 다시 한 번 체감하게 할 것이다.

第二章
붕괴(崩壞)

"한 놈? 설마 네놈이 전부인 것이냐? 아니, 상관없다. 모두 저놈을 잡아 당장 내 눈앞에 대령해라!!"

"넷!!"

기전궁의 호령과 함께 백오십에 달하는 비사문의 문도들은 일제히 칼을 뽑아 들었다.

"가랏!!"

누군가의 외침과 동시에 모두 목유현을 향해 닥쳐들었다.

목유현은 그 모습을 보며 가면 밑으로 미소 지었다. 마치 그의 눈에는 비사문의 이들이 커다란 불꽃에 뛰어드는 부나

방처럼 보였던 까닭이었다. 아니, 자신이 피운 불 속에 뛰어
드는 이들을 보며 피어나는 희열이 그를 미소 짓게 하는 건지
도 몰랐다.

"순속(瞬速)."

다소 수동적인 경향이 있던 평소의 전투방식과는 달리 목
유현은 마라를 끌어올리고는 앞으로 몸을 쏘아냈다.

마치 엿가락처럼 쭈욱 늘어지는 신형의 속도는 비바람과
함께 내려치는 번개와도 같았다.

순식간에 자신들 앞에 당도한 목유현을 보고 기겁하기도
전에 목유현의 입이 달싹였다.

"빙파(氷破)."

칼을 휘두르기도 전에 날카롭게 쪼개져 쏘아지는 마라의
기운에 뛰어들던 네 명의 문도들은 뛰어오던 속도 그대로 나
가 떨어졌다.

"이게… 무슨."

채 놀랄 틈도 없이 목유현은 재차 그들 사이로 스며들어 갔
다.

마라에 의해 그가 장악한 공간은 일곱 자, 사방 일곱 자는
모두 그의 권역과도 다름없었다. 한마디로 그가 지배하는 대
지였다.

문도들은 칼을 휘둘렀지만 그것들 중 어떤 것도 목유현에
게 다가오지 못했다.

　마치 칼들이 주인의 의지를 배신하는 것 마냥 모두 그 주변을 부유할 뿐이었다.

　"이게 무슨 사술이냐!! 컥."

　목유현은 마라에 의해 비틀어진 무사의 칼을 붙잡고는 그대로 집어 던져 버렸다.

　"으악!!"

　그 동체는 대포처럼 날아가 다른 동료들을 덮쳤다. 쇄도하는 백이십 근가량의 질량에 격중당한 이들은 모두 어디 하나씩은 부러지고 땅바닥을 나뒹굴었다.

　목유현은 양 떼 속에 뛰어든 맹수마냥 주변을 휩쓸었다.

　비사문이 내지르는 어떤 공격도 목유현의 터럭 하나 건드리지 못했다.

　그가 전력으로 전개하는 수류의 기운은 마치 절대의 방패처럼 그를 단단하게 수호하고 있었다.

　그리고 목유현이 입을 달싹이며 마라의 기운을 전개할 때마다 비사문의 문도들이 나가 떨어졌다.

　다가오는 칼을 붙잡아 꺾어버리고 그 얼굴에 주먹을 꽂아 넣었다.

　도망치는 이의 등을 발로 차 넘어뜨리고는 척추를 밟아 비틀어 버렸다.

　합공해 오는 칼날들을 비스듬히 내딛은 한 발의 발걸음으로 피해내고는 그 팔들을 모두 박살 내버렸다.

"암기를 날려! 멀리서 공격하라고!"

근접하는 이들이 모두 가볍게 당하고 있자 누군가 소리를 질렀다. 그 소리를 들은 문도들이 제각기 소지하고 있는 암기들을 꺼내 던졌다.

슈웅.

바람을 가르며 사방에서 암기들이 날아왔다.

하지만 어떠한 것들도 목유현에게 스치지조차 못했다.

분명 목유현을 향해 정면으로 날아가던 암기들도 그에게 가까이 가기만 하면 방향을 비틀고는 허공을 가르거나 땅바닥에 처박혀 버렸다.

"으으……."

"호… 호신강기인가?"

주춤거리며 물러서는 이들에게 오히려 목유현의 철퇴가 들이닥쳤다.


반의반 다경도 지나지 않아 목유현의 주변에는 팔십에 달하는 비사문의 문도들이 신음성을 내뱉으며 땅을 뒹굴고 있었다.

죽이지는 않았다.

이딴 놈들을 죽이고는 그 대가로 영겁혈륜의 힘을 키워줄 생각은 조금도 없었다. 하지만 다시는 그 알량한 힘을 믿고 날뛰지 못하도록 그 힘을 박살 내버렸다.

"으윽… 괴, 괴물인가."

목유현의 주변을 포위하던 문도들의 사기는 어느덧 바닥을 헤매고 있었다.

아니, 팔십의 이들이 완전히 무력화되는 순간에도 목유현의 호흡 하나조차도 흐트러뜨리지 못했다. 소매에 묻은 먼지를 손짓 하나로 가볍게 털어버리는 것과도 다르지 않았다.

"문주, 상황이 좋지 않소."

"……."

기전궁은 침묵에 잠겼다.

그가 세운 전략은 단출했다.

차륜전(車輪戰).

몇 명이 들이닥치든 압도적인 비사문의 수를 이용해 전력을 갉아먹고 결국 정예들이 모든 것을 처리하는 방식이었다. 사라져도 상관없는 소모품들을 이용해 최대한 적의 전력을 갉아 먹을 생각이었다.

마침 나타난 적은 하나, 척 보기에도 그가 세운 계획을 달성하는 데에는 아무런 문제가 없어 보였다.

하지만 결과는 달랐다.

단 한 명의 이에게 반수에 달하는 이가 반의반 다경도 버티지 못하고 나가떨어져 버렸다. 그리고도 조금도 지치지 않은 품새가 그를 더욱 전율케 했다.

이상한 점이 있다면 적은 절대 살인을 하지 않았다. 이유는 알 수 없었지만, 그게 도움이 되는 것은 아니었다. 생명을 앗아가지는 않는 대신 무사의 생명줄은 앗아가고 있으니 말이다.

꿀꺽.

메마른 침 한 모금이 성대를 들썩이고, 식은땀 한 방울이 얼굴을 가로질렀다.

"문주님, 저희가 나서겠습니다!"

"문주! 우리도 나서겠소."

문도들이 당하는 모습을 그저 지켜보고만 있을 수 없었는지, 비사문의 최정예 모두가 그에게 허락을 구했다.

"…좋소."

잠시 생각하던 기전궁은 고개를 끄덕였다.

"명을 받들겠습니다."

칠 척에 달하는 거한인 광룡대의 대주가 가장 먼저 뛰쳐나갔고, 나머지 이들이 그 뒤를 따랐다.

기전궁은 불안감을 숨기지 못하고 그들의 모습을 바라보았다. 그 자신은 함께 나가지 않았다. 기전궁은 비사문의 최고수이자 기둥이었다. 그리고 무엇보다 비사문의 희망인 아들, 기상정을 지킬 의무가 있는 사람이다. 기전궁은 다리의 떨림을 억지로 숨기며 스스로에게 끊임없이 되뇌었다.

"네놈!! 이제 우리가 상대해 주겠다."

"이제와 달리 절대 호락호락하지는 않을 것이다!"

"각오해라."

몸을 날려 목유현에게로 다가온 이들은 하나같이 기세등등하게 고성을 내질렀다.

"…훗."

목유현은 그들을 보며 미소를 머금었다.

"이제 가지고 있는 진짜 밑천들이 나온 건가. 좋군."

"…뭐라?"

"시끄러우니까 그만 떠들고 닥치라고 했다."

목유현은 싸늘하게 내뱉었다.

"장로님들, 저희가 먼저 상대하겠습니다. 좌우를 보조해 주십쇼."

"알았네."

장로들이 살짝 뒤로 빠짐과 동시에 광룡대가 목유현을 둘러쌌다.

"사룡승천진(蛇龍昇天陣), 개진(開陣)."

"옛!!"

대주의 말과 동시에 광룡대가 진의 위치에 포진했고 그와 동시에 그들의 기세가 급변했다.

사룡승천진은 문주인 기전궁이 만금을 들여 구한 절진으로 십팔 인의 도수(刀手)에 의해 펼쳐지는 진이었다. 그들이 가진 힘을 하나로 모으게 하고, 증폭시켜 열여덟의 힘을 네 곱절 가까이 증폭시켜 주는 놀라운 효용을 가지고 있었다.

광룡대 모두는 사룡승천진의 위력이 같은 인원으로 펼치는 소림의 소나한진에 필적한다고 굳게 믿고 있었고, 실제로 여태껏 그들의 믿음이 단 한 번도 배반당한 적은 없었다. 그리고 그 믿음은 이번에도 바뀌지 않았다.

"가랏! 사룡강림(蛇龍降臨)!"

그들의 도가 동시에 닥쳐왔다. 그리고 진에 의해 증폭되고 합쳐진 기운은 마치 사악한 용처럼 무서운 기세로 쇄도하고 있었다. 그리고 그 사이에는 빈틈을 노리는 장로들이 눈을 부라리며 도를 내찌를 준비를 하고 있었다.

완벽했다. 그들이 보기에 눈앞의 상대는 절대 이 공격을 막아낼 수 없었다. 그에게 희망이 있다면 사룡승천진이 펼쳐지기 전, 그들을 격파하는 것뿐이었다.

하지만 그들은 운이 없었다.

"요참(腰斬)."

목유현은 양손을 뻗었다.

그의 손에는 마라의 기운이 집약되어 있었다.

그리고 그는 그 양손을 사선으로 내리그었다.

그와 동시에 반쪽 달과 같은 형태의 기운들이 일제히 앞으로 내달렸다.

“크아악!!”

그리고 비명들이 일제히 울려 퍼졌다.

진의 좌익을 맡아 목유현의 오른쪽을 베어오던 이들의 비명이었다.

목유현의 대처는 아주 간단했다.

그를 압박해 오는 진의 한쪽을 그저 힘으로 뚫어버린 것이다.

요참은 그 앞을 가로막는 것이 무엇이든 모두 베어버렸다.

칼도, 손도, 팔도, 다리조차도 모두 베어버렸다.

요참이 펼쳐진 주변은 피로 낭자했고 비명으로 가득했다.

“큰 소리 뻥뻥 치더니 이게 전부인가?”

목유현은 싸늘하게 비웃었다.

“으윽……”

둘러싼 이들이 느끼는 것은 분함이 아닌 공포였다.

약자가 압도적인 힘 앞에서 느끼는 필연적인 공포였다.

“더 날뛰어보라고, 더.”

목유현은 웃으며 다시 몸을 날렸다.

“겁먹지 마라. 우리는 광룡대다. 비사문의 최정예란 말이다.”

대주가 소리쳤지만 이미 늦었다. 그들의 전력을 모두 끌어

내 주는 절진은 이미 인원을 잃고 무용으로 돌아갔고, 각각 인원들의 사기는 땅바닥을 기고 있었다. 막상 대원들을 독려하려 소리치는 대주의 가슴도 이미 패배감으로 뒤덮여 있었다.

"컥!"

대주의 시야가 순식간에 점멸했다.

그의 얼굴 윗부분을 목유현의 우악스런 손이 움켜진 탓이었다.

"이깟 문파 따위에서 정예인 게 그리도 자랑스럽나? 웃기는군."

목유현의 입이 싸늘하게 비웃으며 대주의 양손을 베어버렸다.

"끄악."

비명을 내지르는 그를 아무렇게나 땅바닥에 내팽개쳤다.

애초에 상성이 너무 좋지 않았다.

마라의 모태가 되는 영겁혈륜이 가장 자신있는 전투는 학살전(虐殺戰).

이른바 약자들을 한꺼번에 처리하는 전투였다. 학살을 위해 태어난 기예였기에 약한 이들을 잔뜩 모아 처리한다는 발상 자체가 영겁혈륜 앞에서는 아무런 의미도 없었다.

혈마가 천라지망에서 목숨을 잃은 이유는 단 하나. 영겁혈륜을 사용하지 않았기 때문이었다.

그 사실은 영겁혈륜이 아닌 마라를 사용하는 지금에도 크게 달라지지 않았다.

목유현을 상대하기 위해서는 그에 버금가는 고수들로 상대하게 하는 수밖에 없었다. 하지만 그런 이들은 현재 여기에는 아무도 없었다.

기전궁이 큰돈을 들여 포섭한 장로들도 이미 땅바닥에 얼굴을 파묻고 있었다.

"괴… 괴물이다!!"

비사문의 문도들 중 일부는 공포에 휩싸여 전장을 떠나기 시작했다.

항거할 수 없는 압도적인 힘을 목도하고는 전의를 완전히 상실했기 때문이었다.

애초에 비사문의 뿌리는 사파였고, 하급 문도의 대부분이 문파에 충성을 바친다기보다는 돈이나 명예, 약탈을 위해 머리를 숙이고 있는 것에 가까웠다. 그런 그들이 이런 상황에까지 뛰어들 이유는 조금도 없었던 것이다.

백에 가까운 인원들이 문주전 앞에 얼굴을 땅바닥에 파묻고 쓰러져 있었다.

어느덧 해가 밝아오고 있었다.

동쪽 산 너머로 빼꼼 얼굴을 내민 해가 문주전 앞에 그 자애로운 빛을 비추었다.

그 빛이 비추어지는 공간에는 고통에 전 신음성과 촉촉하게 땅을 적시는 피로 가득했다.

"……."

목유현의 푸른 가면에도 빛이 비치고 있었다.

가면은 더 이상 무기질한 느낌을 풍기지 않았다.

이유는 단순했다.

여기저기 뿜어져 나온 피로 번질거려 윤기가 흘렀기 때문이었다.

그 모습은 흡사 지옥에서 기어나온 마귀와 나찰과도 같았다.

기전궁은 점점 자신에게 다가오는 그 모습을 보며 자신도 모르게 뒷걸음질 쳤다.

"뭐… 뭣들 하느냐? 저놈을 막지 않고."

하지만 그의 말을 듣는 이는 아무도 없었다.

이미 기전궁의 주변에 있던 이들은 대부분 겁에 질려 도망가 버렸고, 충성심이 두터운 이들은 부나방처럼 덤벼들었다가 모두 그 날개가 사그라지고 말았다.

"이놈! 거기까지다!!"

그때 문 너머로 누군가의 고함 소리가 들렸다.

"단 대협!!"

모습을 드러낸 이들을 보고는 기전궁은 작은 희망을 불꽃을 다시 피워 올렸다.

세 개의 그림자가 날렵한 몸놀림으로 모습을 드러냈다.

그들은 단해와 그 친우인 두 사람이었다.


"…설마 저놈 혼자 한 건가?"

"그런 것 같군. 완전히 휩쓸었어."

해골처럼 삐쩍 마른 탈골수(奪骨手) 자명이 먼저 입을 열었다. 유삼(儒衫)에 관을 쓰고 있는 몰골이 흡사 유생처럼 보이는 천근지(穿筋指) 우숭이 그 말을 받았다.

"오오, 단 대협. 마침 잘 오셨소. 저 악적이 우리 문파를 습격하고 문도들을 이 지경으로 만든 장본인이오."

기전궁은 단해를 향해 소리쳤다.

단해는 고개를 끄덕였다.

"제 제자가 될 아이는 무사합니까?"

"그렇소. 다행히도 저 악적의 손길로부터 지켜낼 수 있었소."

"다행이군요."

단해는 비사문주인 자신보다도 최소한 한 수 이상의 고수였다. 그리고 그의 친우인 두 사람도 단해와 비슷한 경지의 고수였다.

저 세 사람이라면 피에 물든 가면을 쓴 괴물을 상대할 수 있을지도 모른다는 생각이 들었다.

"네놈 정체가 뭐냐?"

단해가 자신의 성명무기인 휘류도를 꺼내 들어 목유현에

게 겨누었다.

"무슨 연유로 내 제자의 문파를 습격하고 이 지경으로 만든 것이냐?"

"쿡."

목유현은 대답 대신 가면 밑으로 싸늘한 비웃음을 내뱉었다.

"무슨 연유인지 묻지 않느냐!!"

"……."

"아무래도 대답할 생각이 없어 보이는데?"

"일단 손을 먼저 봐야겠군."

목유현은 그들을 바라보고 있지 않았다.

그의 시선은 기전궁에게로 향해 있었다.

방금까지 절망으로 물들어가던 그의 얼굴은 다소의 기대가 절망의 빛을 몰아내고 있었다.

그만큼 그들의 무위를 믿고 있다는 소리였다.

'이들이 마지막 희망이로군.'

자신을 둘러싼 세 사람을 바라보는 목유현의 입가에 희미한 미소가 걸렸다.

그리고 그 시선은 기전궁의 너머, 기상정이 있는 문주전에 향했다.

목유현은 기상정의 전신을 헤집으며 마라의 기운을 이용해 시각을 폐쇄하고 청각을 증폭시켰다. 지금 기상정의 귀는

침상에 누워서도 이곳의 상황을 대강이나마 파악할 수 있을
정도로 예민해져 있었다.

한마디로 기전궁의 얼굴에 피어난 희망의 조각은 침상에
누워 있는 기상정의 얼굴에도 같이 자리하고 있을 거란 말과
도 같았다.

[이 많은 수들을 해치우고도 그리 피해를 입지 않았네.]

[믿을 수 없지만, 사실인 것 같군.]

[흠…….]

[어설픈 공격은 오히려 화를 부를 수 있어.]

[그렇다면?]

[모두 필살의 일격을 가하는 수밖에.]

목유현을 둘러싼 세 사람은 긴장의 끈을 조이며 전음을 교
환했다.

그리고 세 사람의 얼굴에 굳은 결의의 빛이 어렸다.

조금의 방심도 없었다. 목유현의 힘을 직접 보지는 못했지
만 지금 벌어진 참상만으로도 예측할 수 있었고, 절대 자신들
의 아래가 아니었다.

[내가 먼저 가겠네. 엄호를 부탁하네.]

[알겠네.]

두 사람의 대답을 들은 단해는 애병 휘류도를 꽈악 붙잡았
다.

그에게는 도법 이외에도 또 하나의 특기가 있었다. 그 특기

는 바로 신법. 과거 기연이 닿아 익히게 된 전질보(前疾步)가 그것이었다.

흐읍.

단해는 다시 한 모금의 호흡을 머금었다.

그 한 모금 호흡은 기도와 폐를 통해 단전으로 흘러들어 갔고, 그의 내공과 뒤섞인 후 일제히 발바닥의 중심, 용천혈(龍泉穴)로 향해 쏟아졌다.

펑.

마치 공기로 가득 찬 가죽부대가 터지는 듯한 소리와 함께 단해의 신형이 놀랄 만한 속도와 함께 앞으로 쇄도했다.

그 속도는 내달리는 바람, 쏘아지는 화살과도 비견될 정도였다.

사 척 일 치에 달하는 그의 애병 휘류도에는 거무스름한 도기가 어려 무서운 예기를 발하고 있었다.

그의 도가 머리 위에서 사선을 그리며 활강했다.

도와 함께 계승되는 절기, 휘류십이도(輝流十二刀)의 최후 초식 잔성참(殘星斬)이었다.

도 한 자루만으로 호북의 십대도객에 꼽히는 그의 도는 무서울 정도로 날카로웠고 강력했다.

"하압!"

그리고 좌우로 닥쳐오는 것은 탈골수 자명의 절기 나전칠수와 천근지 우송의 성명절기 천근지였다.

호북에 그 무명을 떨치는 금나의 달인과 지법의 달인의 공격, 그 또한 절대 만만치 않았다.

좌우로 쏟아지는 두 사람의 엄호 속에 단해의 도가 공기를 가르며 들이닥쳤다.

이 일 수로 끝낸다.

다음 수를 생각하지 않는 필살의 일격이었다.

무언가 이상한 수를 부리기 전에 목유현을 끝낼 생각이었다.

"크윽."

여태와 다르게 목유현이 침음성을 내뱉으며 그들의 공격과 마주했다.

먼저 단해의 휘류도가 그려내는 잔상참이 목유현을 내리그었다.

피할 수 있는 공간은 자명과 우송이 점하고 있었다.

누가 봐도 앞의 공간밖에, 단해와 마주하는 방법밖에 없어 보였다.

쾅.

마라로 감싸진 목유현의 손과 단해의 도가 마주하는 순간, 마치 폭약이 터지는 듯한 소음이 사방으로 퍼져 나갔다.

"큭."

단해는 입가에 진홍빛 피를 흘리며 다섯 발을 물러섰다. 목유현의 손에 담긴 마라의 기운이 전신을 헤집어놓았기 때문이었다.

"……."

단해의 도에 담긴 기운이 예상보다 컸던 탓일까? 두 발을 물러서는 목유현의 표정 또한 썩 좋지 않았다.

하지만 여유를 부릴 시간은 없어 보였다.

아직 두 사람의 공격이 닥쳐오고 있었기 때문이었다.

그리고 잠시 물러섰던 단해 또한 다시 신형을 날리고 있었다. 그의 독문절기 전질보에게 있어 두 사람의 거리는 단 일 순 만에 달할 수 있는 거리였다.

다가온 자명의 손이 눈을 혼란케 할 정도로 많은 손그림자를 그려냈다. 반대쪽에서는 사 촌 철판조차 가볍게 뚫어버린다는 천근지가 쇄도하고 있었다.

목유현은 공격을 피하려는 듯 발을 놀렸지만 이내 사방을 뒤덮은 손그림자를 벗어나지 못한 듯 그들의 공격과 마주쳤다.

목유현의 양손이 쉴 새 없이 닥쳐오는 공격들을 막아나갔다.

단해는 전신의 기운을 모두 모아 단 하나의 점, 도첨으로 집중시켰다.

피로 물든 가면을 쓴 적은 양쪽에서 그를 압박하는 친우들의 공격에 고전하고 있었다.

자명과 송우의 무공이 적의 양손을 묶어놓고 있었다.

이것은 기회였다.

휘류십이도 중 쾌속을 자랑하는 초식, 공참섬(空斬閃).

전력을 담은 쾌도가 바람을 가르며 쇄도했다.

적의 표정이 굳어가는 것이 느껴졌다.

빠져나갈 공간은 없었다.

자신의 친우들이 필사적으로 그 공간을 막아서고 있었다.

이 일도면 분명 적을 해치울 수 있었다.

여태껏 수없이 많은 전장을 헤쳐 온 그의 육감 또한 그 예상이 맞다고 말하고 있었다.

"오오!"

여태와는 확연히 다르게 고전하는 목유현의 모습에 기전궁은 자신도 모르게 주먹을 꽈악 움켜쥐었다.

"죽어라!!"

기전궁은 증오를 담아 외쳤다.

그때.

"싫은데?"

수세에 몰리던 목유현의 기도가 일변했다.

"영겁(永劫)."

그리고 목유현이 입을 달싹이는 순간, 그에게 닥쳐오던 세 사람의 시간이 일제히 멈추었다.

저주와도 같은 마라의 기운이 세 사람을 덮쳤다.

끊임없이 휘몰아치는 기운의 폭풍이 세 사람의 시간을 압박하고 붙잡았다.

"으… 으?"

단해는 갑자기 멈추어 나아가지 않는 자신의 도첨을 보며 의문에 찬 소리를 내뱉었다. 하지만 그조차도 느려진 시간 속에 갇혀 제대로 나오지 않았다.

겨우 돌린 시선 속에 자신의 친우들 또한 허공에 손을 멈춘 채로 굳어 있었다.

하지만 그 굳어버린 시간 속에 유유히 걸어다니는 존재가 있었다.

그 존재는 피로 물든 가면을 쓴 이, 바로 목유현이었다.

그는 세 사람의 얼굴을 일일이 마주하며 미소를 지었다. 물론 가면에 가려 그 미소를 정확히 보지는 못했지만 세 사람 또한 가면 속에 가려진 상대의 입이 싸늘한 미소를 짓고 있다는 것을 느끼고 있었다.

그리고 그의 입이 다시금 달싹이며 종말의 말을 내뱉었다.

"끝이다."

"컥!"

멈추었던 시간이 돌아오며 세 사람이 동시에 피를 토하며 나가떨어졌다.

"쿨럭."

세 사람은 땅에 엎어진 채로 입으로는 끊임없이 피를 토했다.

"아… 안 돼."

자명이 고통 속에 울부짖었다.

온몸의 공력이 흩어지고 있었다. 단전이 박살 난 탓이었다. 단 일격, 멈추어진 시간 속에 허용한 단 일격에 수십 년 동안 뼈를 깎는 고련으로 연공한 공력이 바닷물에 휩쓸리는 모래성처럼 허물어지고 있었다.

그것은 단해와 우송 또한 마찬가지였다.

흩어져 가는 공력을 붙잡으려 애썼지만 목구멍으로 끊임없이 치밀어 오는 내장 섞인 토혈과 함께 공력은 신기루처럼 사라져 가고 있었다.

"제… 젠장."

단해는 깨달았다.

자신이 기회라 여겼던 것도 모두 목유현이 꾸민 것일 뿐이었다는 것을.

저자는 자신들을 가볍게 제압할 힘을 가졌음에도 가지고 놀고 있었을 뿐이다.

이유는 알 수 없었다. 하지만 그 사실만은 분명했다.

콰악.

피에 절어 있는 목유현의 발이 단해의 머리를 짓밟아 땅속
깊이 박아 넣었다.

"억."

외마디 비명과 함께 단해의 사고는 점멸했다.


"말도 안 돼!!"

목유현의 생각대로 기상정의 귀는 밖에서 일어나고 있는
일들을 대부분 받아들이고 있었다.

목유현이 처음 비사문의 문도들의 정면에 나타났을 때 기
상정은 다소의 안도감을 느꼈다.

설마 비사문의 정면으로 쳐들어와 자신을 해하지는 못할
거라는 생각이 들었기 때문이었다.

얼마 지나지 않아 저 악적의 얼굴을 마주하고 당했던 것과
똑같이, 아니, 열 배로 되갚아줄 수도 있다는 예감이 들었다.
그때에는 지독하게 정신을 갉아먹는 통증마저도 잠시 사라질
정도였다.

하지만 들려오는 것은 악적의 비명이 아닌, 비사문 문도들
의 비명뿐이었다.

수없이 많은 비명이 울려 퍼졌다.

그 비명이 귀에 들어올 때마다 기상정의 호흡은 점점 가빠
졌다.

통증이 더 거세지고 있었다.

어느덧 비명이 다소 잦아들고 비사문의 최정예들이 악적을 상대하는 소리가 들려왔다.

'그래, 어차피 쓰고 버릴 하급 문도 따위야. 진정한 정예는 저들이지.'

기전궁이 광룡대와 장로들에게 투자한 거금만큼 그들의 무공은 강했고, 그것은 기상정도 너무나 잘 알고 있었다. 그들이라면 저놈을 내 눈앞에 무릎 꿇릴 수 있을 것이다.

하지만 그 희망도 순식간에 사라져 버렸다.

광룡대와 장로들의 비명이 울려 퍼졌다.

"…그, 그럴 수가."

문도들이 도망가고 있었다.

압도적이었다.

"아… 안 돼."

기상정은 다시금 가면을 쓴 악적의 말이 떠올랐다.


"하나하나씩 꺾고 비틀어줄게. 이 문파도, 네 주변의 사람들도. 이렇게, 네 팔다리처럼 말이야. 그리고 그 마지막은 다시 네 녀석이다. 그러니 꼭 기대하고 있으라고."


자신을 지켜주는 이들이 모두 당하면 그때는 다시 자신의 차례였다.

그의 무자비한 손이 자신의 전신을 헤집고 고통 속에 처박은 다음 목숨을 앗아갈 것이다.

"안 돼. 안 돼. 싫어. 으아악!"

이미 주변에서 자신을 간호하던 이들도 모두 도망가 버렸다.

"오오. 단 대협. 마침 잘 오셨소. 저 악적이 우리 문파를 습격하고 문도들을 이 지경으로 만든 장본인이오."

그때 희망의 편린이 담긴 아버지의 목소리가 들렸다.

'단 대협? 아 휘류도 단해!'

기억 속에서 떠오른 것은 자신의 사부가 되겠다고 찾아온 이의 이름이었다.

호북십대도객에 꼽히는 그의 무명은 방탕아인 기상정조차도 들어봤을 정도로 유명했다. 그리고 그에 필적하는 고수가 두 명이나 더 지원을 온 것이다.

'다… 다행이다.'

목유현의 예상대로 기상정 또한 갑작스레 다가온 희망의 손길에 안도의 한숨을 내뱉었다.

저들이라면 저 악적을 물리쳐 줄 것이다.

그런 희망이 기상정의 가슴속에 싹 터갔다.

그리고 연이어 들리는 희망적인 소리들.

그 세 사람이 저 악적을 압도하고 있었다.

"그래! 힘내라!!"

설사 닿지 않을지라도 기상정은 최선을 다해 그들을 응원

했다.

하지만.

모두 헛된 희망이었다.


기전궁은 완전히 혼란에 빠졌다.

지금 무슨 일이 일어난 거지?

자신의 눈을 믿을 수가 없었다.

이백에 달하는 비사문의 문도가, 호북십대도객과 그 친우 두 명이 단 한 사람조차 이겨내지 못했다.

그리고는 자신에게로 다가오고 있었다.

말도 안 된다. 있을 수 없는 일이다. 이게 꿈이기를 바라며 되뇌고 또 되뇌었지만 현실은 현실일 뿐이었다.

"헉, 헉!"

그가 숨을 내쉬며 뒷걸음질 쳤다.

그리고는 문주전 안으로 들어왔다.

목유현은 가면 속에서 차가운 미소를 지으며 그를 따라들어 갔다.

"제… 제길."

기전궁은 기상정이 누워 있는 침상까지 뒷걸음질 쳤다.

"오…오지 마, 오지 말라고!!"

목유현이 다가오는 것을 느낀 기상정은 극도의 공포에 몸부림쳤고, 침상에서 굴러 떨어졌다.

하지만 기전궁은 땅바닥을 구르는 기상정에게 눈길조차 주지 않았다.

아니, 그의 두 눈은 오로지 한 점, 목유현에게로만 향해 있었다.

"다시 보자고 했지. 또 보니까 반갑다. 개자식아."

목유현의 가면 밑으로 이죽대는 목소리가 흘러나왔다.

"으아아! 아아!"

그 목소리를 듣는 순간, 기상정은 자신의 전신을 헤집던 그 기억이 다시금 튀어 나왔다. 영혼조차 표백될 것 같던 고통이 다시금 떠올랐다.

"잠깐만 기다리라고. 아직 손볼 사람이 하나 남았으니까."

가면이 빙글 하고 기전궁에게로 향했다.

"도… 도대체 왜 이러시는 거요?"

기전궁의 이마에는 식은땀이 폭포수처럼 쏟아지고 있었다. 등 뒤 또한 이미 폭우라도 맞은 것처럼 흥건했다.

"누구의 사주를 받은 거요?"

"……."

목유현은 답하지 않았다. 대신 한발 다가갔다.

"얼마를 받았든 간에 내가 그 두 배, 아니, 세 배를 주겠소."

"……."

또 한발 가까워졌다.

"조… 좋소. 다섯 배를 주겠소."

"그딴 것 다 필요없어."

가면 속 목유현의 눈이 차갑게 빛났다.

피로 번들거리는 가면이 다가올수록 기전궁의 눈이 점점 흔들려 갔다.

"원망은 네 아들에게 하라고. 크큭."

어느새 다가온 목유현의 목소리가 기전궁의 귓가를 속삭였다.

"컥!"

격통이 척수를 타고 전신을 내달렸다.

푸악.

귀를 자극하는 혐오스러운 소리와 함께 기전궁의 양팔이 평생을 함께한 몸체와의 이별을 고했다.

"으악!"

피가 사방으로 솟구쳤다.

"아… 아버지!!"

아직 식지 않은 따뜻한 액체가 기상정의 얼굴을 잔뜩 적셨다.

양팔을 잃은 기전궁은 뇌리가 새하얗게 될 정도로 밀려오는 격통에 몸부림쳤다.

그 소리를 반주 삼아 목유현은 기상정에게로 다가갔다.

터벅터벅.

"아버지!! 안 돼. 오지 마. 살려줘. 뭐야. 으악!!"

기상정의 입에서 폭포수처럼 말이 쏟아져 나왔다.

"오지 말라고!!"

목유현이 다가올수록 그 목소리는 격렬해지고 처절해졌다.

"제… 제발."

끝내 그는 울음을 터뜨렸다. 울먹이며 보이지 않는 눈, 증폭된 청각으로 다가오는 목유현의 존재를 느끼며 공포에 잠겼다.

"걱정 말라고. 넌 절대 쉽게는 죽지 않을 테니까."

귓가에 속삭이는 목유현의 목소리는 마치 사신의 그것과도 같이 스산하기 짝이 없었다.

"읍!"

목유현은 기상정의 입을 천으로 막아버렸다. 그리고는 기상정의 오른손 엄지를 그대로 꺾어버렸다. 순서대로 나머지 손가락도 모두 꺾어버렸다.

기상정은 비명성을 지르는 것조차 할 수 없었다.

비명이라도 질러 고통을 조금이나마 더는 것조차 할 수 없었다.

전신의 뼈마디가 모두 반 토막 나고 또 반 토막 났다. 어떤 뼈는 피부를 찢어버리고 솟아올라 왔다.

정신을 잃고 싶었지만 그조차 할 수 없었다.

죽고 싶었다. 차라리 죽고 싶었다.

"걱정 마. 쉬이 죽이지 않는다니까."

몸부림치는 기상정의 귓가로 목유현이 다시금 속삭였다.

그리고는 또다시 고통의 시간이 시작됐다.

"여동생이 느꼈던 공포와 고통, 절대 쉽게는 못 죽인다."

목유현은 증오를 담아 기상정을 망가뜨려 갔다.

고통이란 익숙해지지 않는 것이다.

전신이 목유현에 의해 헤집어지는 고통은 끊임없이 밀려오고 또 밀려왔고 그 지옥 같은 격통은 결국 기상정의 정신을 완전히 망가뜨려 버렸다.

새하얗게 비어가는 사고의 끝에 들리는 마지막 말은 아직도 꺼지지 않은 분노가 담겨 있었다.

"너는 건드리지 말아야 할 것을 건드렸어."


동쪽 하늘에서 태양이 슬그머니 얼굴을 드러내고 햇살이 따스하게 영호의 전역을 비추었다.

영호의 사람들은 하나둘 집 밖으로 나와 그들의 생업이 있는 곳으로 향했다.

어제 영호의 패자와도 다름없는 비사문이 난동을 피웠고, 그것이 오늘도 지속될 것 같은 느낌이 들었기에 도시의 분위기는 썩 좋지 않았다.

그들이 무언가 이변을 알아차린 것은 그리 오래 걸리지 않았다.

비사문의 정문이 박살 나 있었다.

혹시 해서 안으로 들어가 본 이들은 내부에 벌어진 참상에 입을 다물지 못했다.

영호를 제집처럼 날뛰던 비사문의 문도들이 모두 반병신이 되어 땅바닥을 뒹굴고 있었기 때문이었다.

내부를 목격한 사람들은 그저 헛웃음만 지을 뿐이었다.

백 명에 달하는 인원이 저마다의 신음성을 내뱉으며 쓰러져 있었다.

그리고 그 문주전 가운데 하나의 인영이 대롱대롱 매달려 있었다.

그것은 사람이라기보다는 그저 걸레에 가까운 무언가였다.

희미하게 이어지는 호흡만이 그가 사람이라는 사실을 증명하고 있었다.

그리고 문주전의 한편에는 커다란 판자가 세워져 있었다.

그 판자에 적힌 것은 비사문이 여태껏 저지른 범죄와 비리의 내용들이었다.

방화, 약탈, 강도, 살인, 강간.

인륜이라고는 조금도 보이지 않는 범죄들이 빼곡 적혀 있었다. 증거를 찾을 수 없고, 범인을 찾을 수 없어 관원들조차 포기한 미해결 사건들도 빼곡했다.

한밤중에 일어난 난데없는 사건에 대부분의 사람들은 그저 어안이 벙벙한 표정을 지을 뿐이었다.

몇몇 사람들은 하늘에 대해 축성으로 가득한 기도를 올리며 하늘의 그물이 그리 성글지 않음에 대해 감사했다.

몇몇 사람들은 좀 더 사건에 대해 깊이 파보려 했지만 그들은 아무것도 알아내지 못했다. 어디선가 가면을 쓴 신선이 홀로 이들을 징치했다는 괴소문이 돌기도 했지만 말도 안 된다는 타박과 함께 금세 사그라졌다.

비사문의 문주였던 기전궁은 반병신이 되어 거리를 전전하다 폐병을 얻어 죽었고, 나머지 문도들은 모두 뿔뿔이 흩어졌다. 그들이 쌓아두었던 재산은 승냥이처럼 몰려든 많은 이들에 의해 모두 사라졌다.

그리고 소문주, 기상정은 겨우 목숨을 건졌으나 광인이 되어 떠돌다 언제부터인가 사람들의 시야 속에서 사라져 버렸다. 그 후 아무도 그를 본 사람은 없었다.

그렇게 영호를 장악하던 사파, 비사문은 하룻밤 사이에 완전히 몰락, 멸문해 버렸다.

＊　　　　＊　　　　＊

“휴우~ 이거 참 깔끔하게도 손보았군그래.”

백화연은 비사문이 훤히 내려다보이는 산등성이에 서 있었다.

비사문에는 많은 사람들이 몰려 있었다.

자신들을 괴롭히는 비사문의 최후를 보러 온 이.

단순히 흥미본위에서 온 이.

승냥이처럼 주워 먹을 것이 있을까 눈을 번뜩이는 이.

어찌 됐든 수많은 사람들이 몰려 한 사파의 최후를 장식하고 있었다.

백화연은 목유현이 비사문을 정리하는 동안 다른 일을 처리하고 있었다.

다른 일이란 것은 이른바 뒤처리였다.

그리 복잡한 일은 아니었다.

비사문의 죄명을 명시, 이것이 어떤 정의로운 이들의 소행이라 여기게 함으로써 사람들의 눈을 속이는 것이었다.

그녀로서도 목소하를 위해 무언가 돕고 싶었고, 거기에 비사문과 같은 문파를 썩 마음에 들어 하지 않았기에 목유현의 요청을 불만 하나 없이 받아들였다.

“그나저나, 그래도 한 도시의 패자를 자처하는 문파를 너무 쉽게 무너뜨리는군. 괴물은 괴물이야.”

그녀는 별다른 상처 하나 없이 비사문을 무너뜨린 목유현을 떠올리며 실소를 지었다.

“그러게, 하필이면 저런 괴물을 건드려서.”

그리고 목소하를 건드려, 목유현을 강림시킨 비사문에게
적지 않은 애도의 염을 표했다.

“일단 돌아가 볼까.”

멀리서 상황 파악을 마친 그녀는 이내 산등성이에서 모습
을 감추었다.

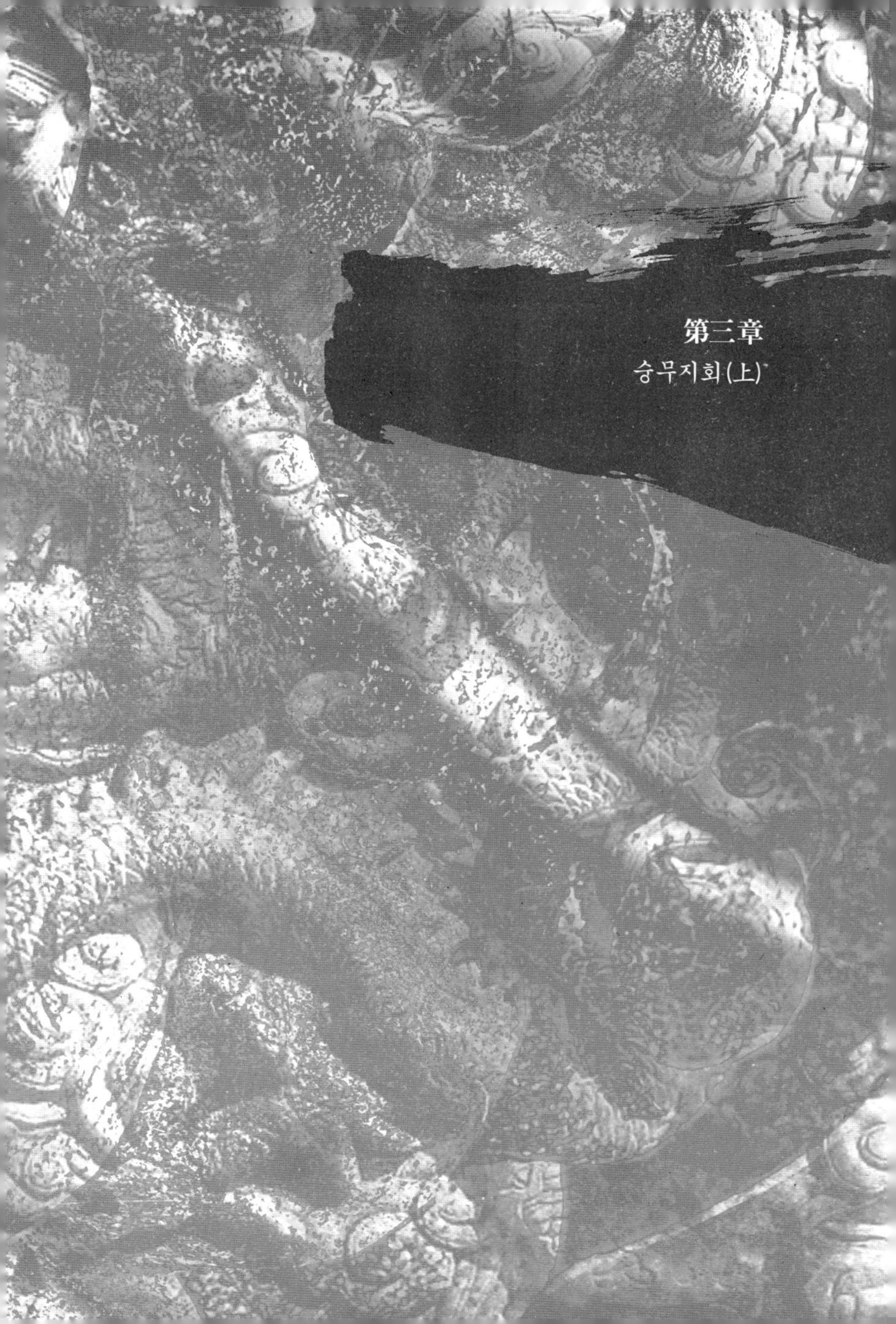
第三章
승무지회(上)

　안개가 자욱하게 깔린 산등성이 중 유독 오롯하게 높이 솟은 한 산의 중턱, 어떤 인영이 검무(劍舞)를 추고 있었다.

　사뿐한 발놀림, 우아한 검로, 가볍게 흘리는 검의 궤적은 눈길을 붙잡고 마음을 사로잡기 충분했다.

　즐겁게 지저귀는 새들도, 초롱초롱한 눈으로 바라보는 산짐승들도, 사르르 흘러내리는 풀빛 가득한 숲의 바람도 검무에 맞춰 같이 춤추고 있었다.

　검 또한 그 주인과 너무나도 즐겁게 울음을 발하고 있었다.

　가볍게 내뻗어 유려한 곡선을 그리는 검은 잔잔한 물결과도 같다, 이내 경쾌한 발걸음에 맞춰 출렁이는 흐름이 되었고, 종국에는 만물을 뒤덮을 거대한 파도가 되어 있었다.

검을 휘두르며 즐겁게 춤을 추는 인영은 여성이었다.

자연 속에 조화를 이루며 유려하게 검과 노니는 그녀는 마치 도교팔선 중 유일한 여신선인 하선고의 재림이라 여겨질 정도로 아름다웠다.

"후우."

어느덧 검무를 끝낸 그녀는 납검 후 가볍게 호흡을 가다듬었다.

그녀가 검무를 멈춘 것은 멀리서 다가오는 인기척을 느꼈기 때문이었다.

그녀에게 찾아온 이는 아직 어린 티를 다 벗어던지지 못한 소년이었다.

소년의 눈에는 그녀를 향한 동경이 잔뜩 녹아나 있었다.

"서… 서 사저(師姐)!"

그녀의 고개가 향하자 부끄러운지 그는 고개를 푹 숙이며 시선을 피했다.

그런 사제의 모습이 귀여워 보였는지 여인의 얼굴에는 작은 미소가 걸렸다.

"무슨 일이니?"

사천제일의 검문, 청성파의 일대제자인 서예소가 그녀의 사제인 오율성에게 되물었다.

“명 장로님께서 찾으십니다.”

“무슨 일로 찾으시는지는 알고 있니?”

명호종 장로는 청성파의 대외업무를 관할하는 청도전의 전주였다. 다소 꼬장꼬장한 면이 있지만 그 성품이 공명정대해 많은 이들로부터 존경받는 이였다.

“그건 저도 잘…….”

오율성은 고개를 저었다.

“그렇구나. 그럼 같이 내려가자.”

“네.”

다소 격렬했던 검무 탓에 홍조를 띠는 그녀의 모습은 무척이나 아름다웠다. 그런 그녀를 힐끗하고 훔쳐보는 오율성의 뺨은 붉게 물들어 있었다.

그런 그의 모습을 뒤로하고 서예소는 산 중턱에 자리한 수련장을 떠나 본문으로 발걸음을 옮겼다.


본디 청성에서 서예소의 위치는 다소 애매했다.

그녀의 사부는 청성제일검이라 불리는 청파신검 백인엽이었다.

그는 사천제일의 검문이라 불리는 청성에서도 제일가는 검도의 고수였다. 하지만 검치(劍痴)라는 이명이 알려주듯 검을 익히는 것을 제외하면 다른 것에는 일절 관심조차 주지 않았다.

게다가 백인엽은 문파에서 다소 떨어진 청성산의 꼭대기 부근에 거처를 두었고, 자연히 그의 제자인 그녀 또한 문파와는 다소 거리를 두게 되었다.

사부와 비슷한 성향을 가진 그녀는 사람들과의 친분을 쌓기보다는 검을 연마하는 데 더 많은 시간을 쏟았다. 그랬기에 같은 배분의 사형제들과도 거의 교류가 없었고 그중 기껏 해봐야 붙임성 좋은 대사형 하관철 정도만이 그녀에게 거리낌 없이 다가올 뿐이었다.


반 식경 후.

서예소는 청성의 산문에 도착했다.

하늘에 닿을 듯 높이 솟아난 소나무들로 둘러싸인 청성의 산문은 가까이하는 순간부터 고아한 향취로 그녀를 맞이했다.

"오랜만입니다. 사저."

"건강하셨습니까?"

"어떻게 지내셨어요?"

서예소의 모습이 보이자 많은 사람들이 그녀의 주변으로 몰려왔다.

"예, 오랜만이에요."

"물론이죠."

"잘 지내고 있어요."

서예소는 곤란한 표정을 하면서도 웃는 얼굴로 다가온 사람들의 인사를 일일이 받아주었다.

다가온 사람들의 얼굴에는 하나같이 동경과 호감의 빛이 감돌고 있었다.


서예소의 평가는 그녀가 금정표국의 일을 돕고 복귀한 후 백팔십도로 일변했다.

그녀가 돌아온 후 얼마 지나지 않아, 청성파에서 자체적으로 여는 작은 비무대회가 열렸다.

삼대제자부터 일대제자까지 젊은 후기지수들의 검을 시험하는 대회였다.

그곳에서 서예소는 압도적인 검으로 모두를 제압하고 간단히 우승을 따냈다. 청성제일의 후기지수라 불리던 대사형 하관철조차 그녀의 상대가 되지 못했다.

다른 것보다 사람들을 놀라게 한 것은 그녀의 검을 통해 펼쳐진 푸른 파도의 모습이었다.

칠십이파검이 경지에 달한 이만이 그려낼 수 있다는 푸른 파도는 청성파 내에서도 한 손에 꼽히는 이만이 가능한 상승의 검도였다.

그것을 본 장로들은 자리에서 벌떡 일어날 정도로 깜짝 놀랐고, 웃음을 보는 일이 마른하늘에 벼락이 칠 일보다 드물다 하여 무소검(無笑劍)이라고도 불리는 청성의 장문 지동

제조차 그녀의 검을 보고는 벌떡 일어나 너털웃음을 터뜨렸다.

거기다 예전과는 다르게 자신감과 밝은 분위기로 가득 찬 그녀의 얼굴은 천상의 선녀와도 비견될 정도로 시선을 빼앗는 매력을 풍겼다.

후기지수의 수준을 뛰어넘는 빼어난 검술에 아름다운 용모, 이 두 가지를 모두 갖춘 그녀에게 사람들의 관심이 쏟아지는 것은 어쩌면 너무나도 당연한 일이었다.

그리고 다양한 일들로 사천의 무림에서 이름을 떨치게 된 그녀에게 붙은 별호는 검봉(劍鳳). 무림제일의 여류 후기지수들을 칭하는 사봉이 그녀의 존재로 인해 오봉으로 늘었고, 그 중에서도 그녀의 이름은 상석에 위치하게 되었다.

서예소는 갑자기 쏟아지는 관심이 적지 않게 부담스러웠지만 사람들의 관심은 좀처럼 식지 않았다.


끊임없이 옆으로 다가오는 사람들의 시선이 부담스러웠던 서예소는 문득 고개를 들어 하늘을 보았다.

늦가을의 하늘은 천고마비의 계절이라 이름답게 무척이나 높고 또 푸르렀다. 그 푸른 하늘을 보며 그녀는 한 사람의 얼굴을 떠올렸다.

몇 번이나 자신의 목숨을 구해주었고, 가족과 소중한 사람들이 있는 표국의 존망을 지켜주었고, 그리고 나아가지 못하고 주저앉았던 자신을 일으켜 세워 나아가게 했던 이의 얼굴이었다.

누구에게나 당당하고, 당당한 만큼이나 강함을 가지고 있었던 사람.

"목 소협……."

"네?"

서예소의 중얼거림에 옆에서 그녀를 따라다니던 이들이 고개를 갸웃거렸다.

"아… 아니에요."

그녀는 뺨에 홍조를 물들이며 재빨리 미소를 지으며 말을 수습했다.

"여어, 사매! 오랜만이네."

그때 털털한 인상의 사내가 사람들을 헤치며 다가왔다.

"대사형, 그동안 안녕하셨어요?"

그녀는 다가온 사내에게 가볍게 고개를 숙였다. 다른 이들도 그를 향해 고개를 숙이거나 인사를 했다. 청성의 장문제자인 하관철은 그런 그들의 인사에 호방한 웃음으로 답했다.

"뭐, 나야 언제나 잘 지내지. 사부와 어르신들의 잔소리만 없으면 말이야."

그는 호방하게 웃음을 터뜨렸다.

"사매는 언제나 인기 만발이로군. 이거 정말 부러운데?"

“하하……."

하관철은 서예소 주위에 몰려 있는 사람들을 스윽 둘러보며 너스레를 떨었다. 그녀는 그런 그의 말에 쓴웃음을 지었다.

“자자, 여기 몰려 있지 말고 다들 제자리로 돌아가라고. 사매가 불편해하잖아!”

“전 괜찮아요. 대사형.”

“흐음. 사매가 불편하지 않아도 내가 불편해. 실은 이게 본심이기도 하고 말이지. 사매를 독차지하는 건 대사형의 특권이지. 하하.”

그는 너스레를 떨며 몰려든 사람들을 각자의 자리로 돌아가게 했다.

천성이 인품이 있고, 호탕한 성격으로 모두에게 존경을 받는 하관철의 말이었기에 사람들은 다소 툴툴거리면서도 모두 그녀에게서 멀어져 제자리로 돌아갔다.

“넌 뭐냐?”

하관철의 시선이 쭈뼛거리며 서예소의 곁에 남아 있는 오율성에게로 닿았다. 그는 얼굴을 잔뜩 붉힌 채로 고개를 푹 숙이고 있다 하관철의 물음에 깜짝 놀라며 답했다.

“저… 저는 명 장로님의 명에 따라 서… 서 사저를.”

“서 사저를?”

하관철은 사람과의 대화를 어려워하는 오율성을 놀리는

듯 얼굴을 가까이하며 짓궂은 표정을 지었다.

"그… 그게."

"설마 납치하겠다는 건 아니겠지?"

"그게 아니라……."

"사형, 그만하세요."

어쩔 줄 몰라 하는 오율성의 모습이 딱했는지 서예소가 하관철을 만류했다.

"흠흠. 오 사제."

"네… 네?"

"고개를 들어."

장난스런 목소리가 아닌 다소 진지한 소리에 오율성은 고개를 들었다.

"대화를 할 때는 그 사람과 시선을 마주쳐야 하는 거야. 그게 사람들과 소통하는 가장 중요한 첫걸음이야."

장난스런 표정을 지우고 다정하면서도 엄한 사형의 표정으로 이야기하는 그의 말에 오율성은 얼굴을 붉히면서도 고개를 끄덕였다. 물론 이번에는 시선을 피하지 않았다.

"명 장로님의 일이라면 마침 나도 용무가 있으니 이쪽이 맡도록 하지. 오 사제는 돌아가도 좋아."

"네."

오율성은 다소 아쉬운 듯 서예소를 흘긋 바라보았지만 이내 고개 숙여 인사하고는 총총걸음으로 돌아갔다.

"그나저나 정말 오랜만이군, 사매. 거의 보름 만인가?"

"벌써 그렇게 됐나요?"

"사람들이 좀 불편해도 그렇지, 문파에 자주 얼굴을 비추라고. 사람들이 얼마나 보고 싶어 하는데 말이야."

"그런 이유 때문이 아니에요."

서예소는 다소 짓궂게 말하는 하관철에게 새초롬하게 답했다.

"농담, 농담이야. 그래, 사백께서는 무탈하시나?"

사백이란 청성제일검인 백인엽을 말하는 것이었다.

"무탈하세요. 저도 거의 얼굴을 보기 힘들긴 하지만요."

"그거 다행이로구나."

백인엽은 그의 거처 옆에 있는 동굴에서 폐관수련을 하고 있었다. 더 높은 검의 경지를 향해 매진하며 거의 모습을 드러내지 않는 탓에 제자인 그녀조차도 기껏 해봐야 한 달에 한 번 정도 마주하는 것이 전부였다.

"명 장로님이 왜 사매를 불렀는 줄 알아?"

하관철이 물었다. 그녀는 고개를 가로저었다.

"마침 나도 불려갔다 오는 길이라."

"그러신가요?"

하관철은 웃음을 머금고는 말을 이어나갔다.

"이 시기는 청도전이 언제나 바쁜 시기잖아. 그 이유야 다분 의례적인 행사 때문이지. 언제나 그렇잖아. 이즈음 각 지방들에서 크고 작은 비무대회들이 왕성하게 벌어지지."

그의 말대로 추수가 끝나고 사람들의 주머니가 든든해질 무렵이면 각 지방에서 크고 작은 비무대회들이 열리곤 했다. 신진들의 실력을 알아보기도 하고, 이름을 떨칠 기회의 장이기도 하며 각 문파들의 세를 떨치는 목적 또한 있었다. 수많은 문파들이 옹기종기 모여 있는 사천에만 해도 이 시기에 꽤 많은 대회들이 열리곤 했다.

"우리 청성이 워낙 유명하고 이름난 명문이다 보니 여기저기 초청하는 곳이 많아서 말이야. 명 장로님도 곤욕이시더군. 그리고 말이야, 그중에서는 사매를 부르는 곳도 꽤나 많았어."

"저를 말인가요?"

쓴웃음을 짓는 서예소를 보며 하관철은 짓궂은 미소를 지었다.

"사매는 지금 사천, 아니, 중원 무림계에 떠오르는 신성과도 같으니까 말이야. 아마 내 이름은 몰라도 사매의 이름은 모르는 이가 없을걸? 하긴 이런 시꺼먼 남정네의 이름 따위야 나 같아도 관심이 없긴 하겠군."

하관철은 쳇 하고 스스로의 말에 투덜대었다.

"농담이 과하세요."

"농담이 아니야. 뭐 그건 그렇고 말이야. 명 장로님이 나에게도 여러 군데를 권하시더라고."

당연한 일이었다. 하관철은 사천에서 손꼽히는 후기지수이자 청성의 장문제자이며 유력한 차기 장문 후보였다. 그가 참가하기를 바라는 곳은 차고도 넘칠 정도였다.

"그래서요?"

"다 거절했지."

"흠? 왜요?"

"가봐야 할 곳이 있거든."

"……?"

"그게 내가 사매를 찾아온 이유와도 관련이 있어."

서예소는 고개를 갸웃하며 의문을 표했다.

"오랜만에 봐야할 사람이 있거든. 사매도 알잖아. 요 근래 내 귀에 딱지가 않도록 말하던 사람 말이야."

"설… 설마 목 소협을 말하시는 건가요?"

서예소는 깜짝 놀라 반문했다.

그녀의 그런 모습에 하관철은 다시금 짓궂은 얼굴로 말을 이어나갔다.

"응. 그 녀석을 보러 갈 거야. 도대체 어떻게 우리 예쁜 사매의 마음을 빼앗아갔는지 좀 물어봐야겠어."

"사형!!"

서예소는 양 뺨에 홍조를 띠고는 하관철에게 소리를 내질렀다.

“농담이야. 그 녀석을 보러 가는 건 마침 그쪽에서도 초청
이 날아왔기 때문이야.”

“초청이요?”

“응. 그 녀석의 문파가 있는 지방에도 비무대회가 열리거
든, 숭무지회라는 이름인데 웬일로 거기에서도 초청장이 날
아왔더라고, 그래서 내가 가기로 했지.”

“…그런가요?”

서예소는 다소 멍한 얼굴로 하관철을 바라보고 있었다.

“그래서 말인데…….”

하관철이 잠시 말을 멈추자 그녀는 결심을 굳힌 얼굴로 그
와 시선을 마주했다.

“저도 데려가 주세요!”

“응?”

“저도 데려가 달라고 했어요.”

“아아… 그거 내가 하려고 했던 말인데?”

“네?”

“사매에게 찾아왔다는 이유. 이거.”

하관철은 이야기를 늘어놓았다.

청도전에서 명 장로에게 불려간 이야기와 거기서 본 초청
장들, 그리고 그중에서 발견한 숭무지회의 초청장과 거기로
의 참석을 위한 명 장로를 설득하는 과정까지.

말을 마친 하관철은 가슴을 으쓱하고 내밀며 자랑스러운

표정으로 그녀를 바라보았다.

"후후."

그 모습이 '나 잘했지?' 라고 자랑하는 것 같아 그녀는 자신도 모르게 웃음을 내뱉었다.

"도저히 궁금해서 못 참겠더라고. 사매가 말했던 그 녀석의 모습 말이야."

"그러신가요."

하관철이 말한 그 녀석이란 목유현을 말하는 것이었다.

표국의 일을 마치고 청성으로 돌아와 보고를 마치고 그녀가 가장 먼저 찾은 이는 하관철이었다.

그에게 목유현에 관한 것들을 이야기하고 물어보고 싶었기 때문이었다.

그리고 그녀는 그 이야기를 꺼냈을 때 하관철의 뻥진 얼굴을 아직도 잊지 못하고 있었다.

그가 꺼낸 첫 마디는 "말도 안 돼!" 였다.

"솔직히 나는 듣고도 믿지 못하겠어. 그 녀석이 그렇게 고수가 되었다고? 사매도 상대하지 못할 만큼?"

그녀는 웃으며 고개를 끄덕였다. 그와 반대로 하관철은 고개를 절레절레 저었다. 당연했다. 그가 이 년 전 마지막으로 만났을 때 본 목유현은 완전히 검에 대한 관심이 사라져 있었고, 그 무위 또한 삼류에도 미치지 못했다. 애초에 사매의 말이 아닌 다른 이들의 말이었으면 농담으로 치부하고 말았을

지도 모른다.

"세상에. 어디서 어떤 기연을 만나고 어떤 영약을 주워 먹은 거야. 이런 부러운 놈."

그렇게 말하면서도 하관철의 표정은 무척이나 기뻐 보였다. 말은 그렇게 해도 친우의 성장이 무척이나 기쁜 일이었기 때문이었다.

"분명 내가 아는 목유현은 그런 녀석이 아니었는데 말이야."

그녀 또한 하관철이 이야기해 주는 목유현의 모습에 놀라기는 마찬가지였다.

아무리 곱씹어봐도 하관철의 기억 속의 목유현과 자신의 기억 속―다소 미화된―목유현과는 천지차이였기 때문이었다.

비슷한 점이라고는 툴툴대면서도 결국은 도와주는 점 정도뿐이었다.

"어쨌든 그런 이유로 모레 강서성으로 출발할 거야. 물론 사매도 같이."

"고마워요. 정말 고마워요, 사형."

그녀는 활짝 웃으며 하관철의 오른팔을 와락 껴안듯 팔짱을 꼈다.

"고맙긴. 나도 무뚝뚝한 남정네들보단 사매와 동행하는 게 더 좋거든."

하관철은 코끝에 아련하게 다가오는 향긋하기 짝이 없는 그녀의 체향에 기분 좋은 미소를 지으며 답했다.

'곧 다시 만날 수 있어.'

서예소는 웃음을 머금으며 다시금 푸른 하늘을 바라보았다.

목유현을 다시 만날 수 있다는 희망에 젖은 그녀의 눈동자에 비친 하늘은 무척이나 높고도 빠져들 듯 푸르렀다.

*　　*　　*

요 며칠 간 벽월검문은 말 그대로 난리통에 가까웠다.

가문의 금지옥엽이자 구성원 누구에게나 사랑받는 목소하가 갑자기 납치, 실종되었다 이틀 후 다시 돌아온 것이다.

게다가 그녀를 데리고 돌아온 이는 다른 유능한 가문의 무사들이 아닌 목유현이었다.

사람들은 웅성거리며 자초지종을 듣기를 원했지만 목유현은 굳게 입을 닫은 채 아무런 말도 하지 않았다.

애써 웃음 짓기는 하지만 아직 그 웃음에 그림자가 엿보이는 목소하에게 물을 수도 없는 노릇이었기에 사람들은 그저 궁금증을 참을 수밖에 없었다.

모영강은 소하를 데리고 온 목유현을 보고 무언가 두려운 눈으로 바라보았지만 딱히 더 말을 붙이지는 않았다.

목현곤은 목유현의 어깨를 몇 번이고 두드리더니 종내에는 강하게 껴안았다. 그도 소하의 실종에 적잖은 충격을 받은 것 같았다.

아무것도 도움이 되지 못해 미안하다 자책하는 아버지의 등은 기억보다도 좁았다. 목유현은 아무 말 없이 그를 바라보며 미소 지을 뿐이었다.


그리고 또 다른 소소한 사건이 있었다.

목유현이 소하를 구출해 돌아오는 도중의 일이었다.

그들은 서금에 들어서기 전 어떤 일행과 마주쳤다.

꽤나 방탕해 보이는 남자가 이끄는 일행이었다. 세 명의 무사가 그를 호위하는 듯 따라가고 있었고, 남자는 세 마리 말이 이끄는 개방형 마차 위에 한 팔을 괴고 누워 있었다. 그의 옆에는 두 명의 여인이 양산을 들고 그에게로 쏟아지는 햇볕을 가리며 부채를 연신 흔들어 부치고 있었다. 남자는 대낮임에도 여인들의 옷 틈 사이로 손을 넣으며 노니고 있었다.

백화연은 다소 인상을 찌푸리며 그들에게서 시선을 돌렸다.

"벽월검문에는 언제 도착하는 거야?"

하지만 남자의 입에서 익숙한 지명이 나오자 귀를 쫑긋하며 기울였다.

"반나절이면 도착합니다."

"거 더럽게도 멀군."

남자는 연신 투덜거렸다.

"그래도 그 집 딸이 그리 예쁘다고 하니 가는 보람이 없긴 않겠지. 흐흐."

백화연은 깜짝 놀란 얼굴로 옆을 돌아보았다.

그녀의 시선이 향한 곳에는 놀랄 정도로 굳은 얼굴의 목유현이 있었다.

그는 정말 무척이나 무기질적인 얼굴로 그 남자에게로 시선을 향하고 있었다.

그 무기질적인 얼굴은 그녀조차도 식은땀을 흘리게 할 정도로 무언가 섬뜩한 느낌을 풍기고 있었다.

"저놈이 말하는 게 네 동생 맞지?"

뇌천패가 물었다.

목유현은 고개를 끄덕였다.

"잠시 소하를 부탁한다."

그리고는 등에 업혀 잠을 청하고 있던 소하를 뇌천패에게 맡겼다.

뇌천패는 군말없이 그녀를 대신 업어주었다.

그리고 목유현은 사라졌다.

물론 그들에게서 얼마 떨어져 있지 않은 채로 나아가던 마차 또한 같이 사라져 버렸다.

얼마 지나지 않아 백화연은 소문 하나를 들었다.

강서성에서 망나니로 소문난 모연상단의 장남이 서금으로 향하던 중 정체불명의 괴한을 만나 수령이 사백 년 되는 느티나무의 꼭대기에 매달려졌다는 소문이었다.

사흘 후 구조됐을 때 그의 상태는 무척이나 엉망이었다고 하나 그녀는 오히려 그가 무척이나 운이 좋다고 생각했다.

만약 그가 이틀 정도 일찍 도착해 목소하를 찾아 헤매는 그때의 목유현을 만났다면 절대 목숨을 부지하지는 못했을 테니까.

떠올리기만 해도 절로 서늘해지는 생각에 백화연은 홀로 웃음을 지었다.


그 후 이틀이라는 시간이 더 흘렀다.

목유현은 소하의 거처로 가고 있었다.

그가 갈 때마다 소하는 애써 웃음을 짓고 있었지만 목유현은 그녀의 목소리에서 아직 기상정과 자신을 납치한 이들의 모습이 남아 있음을 느낄 수 있었다.

"후우……."

물론 그 대가로 비사문과 기상정을 완전히 박살 내버리긴 했지만 아직도 여동생에게 미안한 마음을 감출 수가 없었다.

아직 벌어지지 않은 일이라 하여 방관하고 밀어놓은 자신의 안일한 대처가 아니었다면 소하에게 괜한 상처, 그것도 지우기 힘든 깊은 상처를 남기지 않을 수 있었다.

“제길.”

목유현은 발끝으로 연신 땅을 걷어찼다.

마라의 기운이 담겨 있었기에 마치 삽으로 퍼는 것 마냥 퍽퍽 파이고 있었다.

“저… 안녕하세요, 일공자님.”

“식사는 하셨나요?”

그러고 보니 소하를 데리고 온 후, 다소 달라진 점이 있다면 가문의 하인들이나 무사들의 시선이 전과는 다르게 조금은 누그러졌다는 점이었다.

예전에는 그쪽에서부터 무시하고 지나치는 경우가 대부분이었다면 지금은 몇 명이나마 그에게로 다가와 먼저 인사를 건네곤 했다.

그가 소하를 데리고 온 것에 대해 여러 가지 소문이 퍼지고 있다고 백화연이 말한 적이 있었지만 그다지 귀에 담아 듣지 않았기에 잘 기억이 나지 않았다.

대충 인사를 받으며 그의 발걸음은 어느덧 여동생의 거처에 닿아 있었다.

들어가기 전 목유현은 인기척을 확인했다.

해가 중천이긴 했지만 혹시라도 소하가 자고 있다면 다시 돌아갈 셈이었다.

다행히도 안에서는 인기척이 들리고 있었다.

목유현은 다가가 문을 두드렸다.

"소하야, 들어가도 되겠니?"

이윽고 답이 돌아왔다.

"네, 들어오세요. 오라버니."

생각보다 소하의 목소리가 밝아 보였다.

'신경 써주는 거겠지.'

목유현은 속으로 중얼거렸다. 사려 깊은 여동생이 목유현의 앞에서 일부로 티를 낼 리는 없었다. 그녀는 아직 나이는 어렸지만 사람의 마음을 헤아릴 줄 알았다.

목유현은 안으로 들어갔다.

소하의 방은 검소하고도 정갈했다.

전반적으로 비슷한 구조임에도 무미건조한 느낌이 나는 목유현의 방과는 달리 기분 좋은 향으로 가득한 소하의 방은 들어선 사람의 마음을 절로 차분하게 하는 그런 느낌을 주고 있었다.

소하는 침상 위에 몸을 뉘이고 있었다.

아직 피로와 충격이 다 가시지 않았는지 눈 밑에는 다소 거뭇한 기가 남아 있었다.

"죄송해요. 오라버니."

그녀는 침상 위에서 목유현을 맞이하는 것이 마음에 걸리는 듯 고개를 숙였다.

"되었다. 신경 쓸 필요 없어."

목유현은 싱긋 웃으며 침상으로 다가가 그녀의 발이 놓인 곳에 앉았다.

그리고는 여동생과 시선을 마주했다.

"그래, 몸은 좀 괜찮으냐?"

"네, 괜찮아요."

"다행이구나."

목유현은 손을 뻗어 여동생의 머리를 쓰다듬어 주었다. 그녀의 머리카락은 무척이나 포근하고도 부드러웠다.

목소하는 그런 목유현의 행동에 살짝 뺨을 붉히며 고개를 숙였다.

"식사는 제때 하고 있니?"

"네."

그녀는 책상 위를 가리켰다.

저 멀리 상 위에는 그녀가 먹은 것으로 추정되는 그릇들이 올려진 쟁반이 있었다.

"미워요, 오라버니."

소하는 무척이나 갑작스레 말을 꺼냈다.

"왜 그러느냐?"

목유현은 고개를 갸웃거리며 물었다.

"저를 속이고 계셨잖아요?"

"무엇을 말이냐?"

"화연 언니에게 모든 것을 들었어요. 오라버니, 왜 저에게도 숨기고 계셨어요?"

"무공 말이구나."

"네."

"숨긴 적은 없지 않느냐."

"아?"

"네가 물어본 적도 없고, 나는 무공을 익히지 않았다 말한 적도 없다. 그런데도 내가 너를 속였다고 할 수 있는 것이냐?"

"물어보지 않았다고 말해주시지 않는 것이 어딨어요?"

살짝 웃음을 머금으며 답하는 목유현의 말에 그녀의 목소리가 새초롬하게 날카로워졌다.

"그래, 미안하다."

"그리고… 오라버니."

"응?"

그녀가 문득 목유현을 똑바로 바라보더니 입을 열었다. 새침한 표정은 어느새 사라져 있었고, 그녀의 눈가는 다소나마 촉촉해져 있었다.

"…고마워요."

“······.”

“오라버니, 오라버니 덕분에······.”

“오라비가 동생을 구하는 것은 당연한 것이다. 당연한 것을 한 것뿐이야.”

목유현은 울음기가 섞인 그녀의 말을 막아섰다. 아마 좋지 않은 기억이 떠오른 것 같았다.

“···네.”

목소하는 목유현을 바라보며 방긋 웃음을 지었다. 목유현은 그런 그녀의 머리를 다시금 쓰다듬었다.

“그럼 난 이만 돌아가 보마.”

잠시 소하와 대화를 나누던 목유현은 침상에서 일어났다.

“에? 벌써 가시려고요?”

어쩨 여동생의 목소리에는 다소의 당황한 듯한 느낌이 섞여 있었다.

“무슨 다른 볼일이라도 있느냐? 부탁할 거라도?”

“아··· 아니에요. 그저 오라버니와 조금 더 이야기를 하고 싶은 것뿐이에요.”

양손을 흔들며 부정하는 목소하를 보며 목유현은 고개를 갸웃거렸다. 영문을 알 수 없었지만 여동생의 청을 거절하고 싶은 생각도 없었다.

목유현은 다시 침상 끄트머리에 앉았다.

목소하는 창밖을 바라보고 있었다.

"차를 더 드시겠어요?"

"괜찮다."

그녀의 방에 있으면서 벌써 두 잔이나 마셨기에 목유현은 여동생의 제안에 손을 내저었다.

똑똑.

그때 문을 두드리는 소리가 들렸다.

"소하야, 들어가도 되겠니?"

익숙한 목소리. 백화연이었다.

'응?

문득 목유현은 그녀의 목소리에서 위화감을 느꼈다. 분명 백화연의 목소리였지만 무언가 평소와는 달랐다.

"네, 들어오세요."

소하는 기다렸다는 듯 곧바로 답했다.

끼익.

다소 기름칠이 덜 된 듯한 마찰음과 함께 문이 열렸다.

"음?"

그리고 목유현은 들어선 백화연의 모습을 보며 다소 놀란 듯 신음성을 뱉었다.

다른 이유는 아니었다.

그녀의 모습이 평소 보던 것과는 조금, 아니, 아주 많이 달랐기 때문이었다.

　언제나 올려 묶어 모자나 관으로 감추던 머리는 곱게 다듬
어 길게 풀었고, 늘 편의성을 추구하며 입던 가벼운 복장 대
신 곱고 보드라운 궁장을 입고 있었으며, 얼굴에는 옅은 화장
기가 어려 있었다.

　“아… 목 형도 있었군. 아니, 지금은 목 소협이라 부르는
게 나으려나?”

　그녀는 장난스러운 얼굴로 너스레를 떨었다.

　“아… 아.”

　목유현은 다소 얼떨떨한 얼굴로 고개를 끄덕였다.

　언제나 남장의 그녀가 익숙해져서 망각하고 있었지만 백
화연 또한 눈이 휘둥그레질 정도의 미녀였다.

　목소하는 그런 목유현의 모습이 흥미로운지 고개를 푹 숙
이고는 작게 웃음 짓고 있었다.

　“오라버니는 처음 보시나 봐요?”

　“그렇지. 아직 목 형 앞에서는 한 번도 이럴 일이 없었으니
말이야.”

　“……．”

　“어떤가? 나도 이만하면 꽤 잘나갈 것 같지 않은가?”

　그녀는 궁장의 치마 끝을 붙잡고 가볍게 한 바퀴를 돌았다.
그녀의 움직임에 맞춰 사르르 나풀대는 옷자락에선 좋은 향
기가 났다.

　“그렇군.”

목유현은 담담하게 말을 받았으나 얼굴에 한편에는 아직 다소 놀란 기색이 남아 있었다.

"에? 그게 끝이에요?"

오히려 옆에 있던 소하가 목소리를 높였다.

"그럼?"

"하아……."

목유현의 밋밋한 대답에 목소하는 그저 한숨을 내쉬었다.

"언니, 제가 사과드릴게요."

"뭐……."

목유현을 남겨두고 두 사람은 다소 씁쓸하게 웃음을 교환했다.

"그리고 또 사과를 드릴 게 있는데요."

"그래?"

"여기까지 찾아오셨는데 죄송하지만 제가 좀 피곤해서 쉴까 해요."

"방금까진 나와 더 이야기를 하자 하지 않았느냐?"

"갑자기 피곤해졌어요."

목소하는 목유현의 물음에 또다시 한숨을 내쉬며 대답했다. 자신의 오라비는 정말 지지리도 눈치가 없는 사람이었다.

"그렇군. 목 형, 소하가 피곤하다 하니 우리는 이만 자리를 비워주는 게 좋겠군."

“으음.”
목유현은 그녀의 말에 고개를 끄덕였다.


두 사람은 소하의 방을 떠나 밖으로 나왔다.
해는 중천에 떠 있었고, 늦가을의 바람은 다소 싸늘했다.
낙엽을 감아 하늘 높이 올라가는 바람에 곱게 다듬은 그녀
의 머리카락이 꽃잎처럼 바람에 휘날렸다.
“왜라고 물어보지는 않는가?”
문득 백화연이 물었다.
“무엇을?”
“왜 평소와는 다른 모습을 하고 있는지 말이네. 이거 별로
궁금하지 않았나 보군.”
그녀는 쳇 하고 다소 싱겁다는 표정으로 목유현을 바라보
았다.
“뭐 일단 소하 때문이라고나 할까?”
“음?”
“별로 좋지 않은 일을 겪었는데 남자의 모습보다는 여성의
모습이 더 좋지 않을까 생각했네.”
“……”
“기분전환의 의미도 있으니 뭐 겸사겸사라고나 할까?”
백화연은 바람에 날리는 머리를 스스로 다듬었다.
문득 목유현의 시선이 그녀의 날리는 머리카락에 닿았다.

백화연의 머리 한 부분에는 작은 옥색의 비녀가 가지런히 자리하고 있었다.

얼마 전 목유현이 선물한 비녀였다.

그 모습을 보고는 목유현은 뺨을 손가락으로 긁었다.

"…도와줘서 고맙다."

"음?"

"뒤처리와 여러 가지를 도와줘 고맙다고 했다."

"꽤나 여러 번 들었네만?"

"몇 번을 해서 나쁠 건 없지."

"뭐 그건 그렇네만."

백화연은 목유현을 보며 빙글 미소를 지었다.

얇은 분이 살짝 덮인 그녀의 뺨은 평소보다도 더욱 하얘 마치 새하얀 눈을 보는 것 같았다.

"그나저나 뇌 대협은 좀이 쑤셔 못 견뎌하던 것 같더군."

"…그렇군."

뇌천패는 시도 때도 없이 목유현을 찾아와 싸우자고 떼를 부리고 있었다. 그는 한가한 일상이 무척이나 지루한 듯했고, 비사문 때 한바탕할 수 있을 거라 기대했던 것이 깨졌기에 더욱 지루함을 느끼는 것 같았다.

'귀찮게 되었군.'

말로 해서 들을 이라면 이런 신경도 쓰지 않겠지만 안타깝게도 그는 말이 제대로 통하지 않는 쪽이었다.

혹시라도 문파 내에서 사고를 칠까 염려하여 방에서 나오지 말라 했지만 그는 수시로 빠져나와 서금을 쏘다니고 있는 것 같았다. 문파의 이들과 시비가 붙지 않는 것이 그나마 다행이라고나 할까?

백화연과 헤어지기 전 목유현은 품속에서 무언가를 꺼내 들었다.

꺼내 든 것은 작은 빗이었다.

예전 예릉에서의 일을 마치고 진영령에게서 받은 빗이었다. 한참을 까먹고 있다 오늘에서야 방구석에서 발견하고 챙겨 나온 것이었다.

목유현은 그 빗을 쥔 손을 말없이 백화연에게 건넸다.

"이건 무언가?"

그녀가 살짝 미소를 띠며 물었다.

"말로만 고맙다고 해서야 의미가 없겠지."

"흐음."

백화연은 목유현의 손에서 빗을 받아 들었다. 진영령이 아끼던 것이었던 만큼 화려하면서도 고풍스런 주홍빛을 띠는 것이 무척이나 눈을 사로잡는 매력이 있었다.

"고맙게 받겠네."

백화연은 꽃이 만개하듯 활짝 웃으며 감사를 표했다.

무척 마음에 든 것일까 빗을 바라보는 그녀의 눈은 즐거움으로 가득 차 있었다.

“…….”

원래는 여동생에게 주려 했던 것이었지만 백화연이 무척이나 마음에 들어 하는 것이, 꽤나 나쁘지 않은 선택이라는 생각이 들었다.

그리고 문득 기뻐하는 그녀의 모습에 목유현의 입가에도 그와 같은 미소가 달려 있었다.

# 第四章
## 승무지회(中)

상단의 낮은 언제나 분주하기 짝이 없다.

그 규모가 강서성제일이라 불린다면 더 말할 것조차 없다.

상단의 정문에는 수없이 많은 재보와 인영들이 쉴 새 없이 왕래하고 있었다. 문 옆에는 저 멀리 서역에서 들여온 진귀한 재보들이 산처럼 쌓여 있었다. 개중 몇몇은 그 재보들을 조심스레 운반하고 있었고, 누군가는 일일이 장부와 대조하며 물건들을 살피고 있었다.

한 구석에서는 멀리 원행에 나서는 이들이 출발 준비를 하고 있었다. 그들은 제각기 맡은 역할을 상기하며 혹시나 빠뜨린 것이 없는지 확인하고 있었다. 그리고 어느 한편에는 상단을 지키기 위해 고된 수련을 거듭하는 상단무사들의 기합 소리가 울려 퍼졌다.

그 분주함 바깥에서 일단의 일행이 느긋하게 걸어오고 있었다. 그리고 그들이 가까이 다가오는 순간 모두 행동을 멈추고는 고개를 숙이며 자리를 물렀다.

그들의 인사를 받는 이는 일행에서 가장 앞서 걷고 있는 이였다.

눈이 번쩍 뜨일 정도로 빛을 바라는 묘령의 여인이었다.

가느다란 세필로 그린 듯 유려한 얼굴에는 옅게 바른 분이 그녀의 빙설 같은 피부를 더욱 도드라지게 꾸며주고 있었다.

석양을 녹여 부은 듯한 그녀의 진홍빛 입술은 절로 사람의 시선을 빨아들였다. 늘씬하게 빠진 몸의 곡선은 저도 모르게 침을 삼킬 만큼 고혹적이었다.

그리고 그중 백미는 붉은 빛이 감도는 짙은 흙빛의 눈동자였다. 붉은 빛이 감도는 흑색의 눈동자는 말로 형언키 힘든 묘한 색기를 뿜어내고 있었다.

정상적인 심미안을 가진 사람이라면 백이면 백, 입을 모아 미인이라 엄지를 내밀 여인이었다.

또각또각.

잘 익은 과일마냥 새빨갛게 윤이 나는 신에서는 어쩐지 메마른 소리가 났다.

그녀의 이름은 방시연.

　강서성제일의 상단으로 칭해지는 모연상단의 고명딸이었
다.

　방시연의 걸음은 상단을 가로질러 상단 중심에 위치한 매
심전(買心殿)으로 향했다. 사람의 마음까지 산다 하여 이름
붙여진 그곳은 상단주의 거처이자 집무실이었다.
　모연상단 최심의 비처답게 경계는 지극히 삼엄했다. 매심
전 주위의 호위들은 날이 바짝 선 칼날마냥 날카로운 기세를
발산하고 있었다. 하지만 그녀의 모습을 확인하자 고개를 숙
이며 길을 열었다.
　내부로 들어서자 향긋한 차향이 방시연의 코를 자극했다.
방을 맴도는 향에서는 질 좋은 비단 위를 노니는 듯한 부드러
움과 깊고도 격조 높은 품격이 느껴졌다.
　방시연의 아버지, 방도완이 애음(愛飮)하는 용설의 향이었다.
　모연상단의 주인은 좌식 의자에 등을 기댄 채 여유로이 차
를 음미하고 있었다.
　오랜 격무에 시달린 탓일까. 그의 얼굴은 무척이나 수척했
지만 두 눈은 형형하게 빛나고 있어 범상치 않음을 느끼게 했
다.
　“향이 좋군요.”
　“이번에 새로 들여온 용설이란다. 평소보다도 더욱 은은하
여 여러모로 흡족하더구나.”

　방도완은 고갯짓으로 자신의 맞은편을 가리켰다.

　"어디 너도 들어보지 않겠느냐?"

　"네."

　자리에 정좌한 그녀에게 방도완은 차를 권했고 그의 옆에 상비된 찻잔을 그녀에게 건넸다.

　또로록.

　방도완이 찻주전자를 기울이자 은은하고도 기품이 넘치는 향이 찻잔에 가득 담겼다.

　"문 총관에게 전해 들었다. 표국들과의 거래를 아주 잘 처리하고 있다더구나."

　"과찬이세요. 문 총관과 아버지께서 붙여주신 이들의 능력이 출중한 덕분이에요."

　"겸손할 필요는 없다. 그 과묵한 문 총관이 거듭 칭찬의 말들을 꺼낼 정도면 내 보지 않아도 알 수 있으니."

　방도완은 찻잔을 기울이며 청아한 향을 음미했다.

　"내 너를 예까지 부른 까닭은… 네 혼약에 관련된 일 때문이다."

　"네."

　방도완은 지극히 평범한 어조로 입을 열었고 방시연 또한 지극히 평범한 어조로 답했다.

　"네 혼약자가 벽월검문으로 돌아왔다고 하더구나."

　"그렇군요."

“대략 일 년 정도로군.”

방도완은 기억 속에 남아 있는 목유현의 모습을 떠올리고는 잠시 이마를 찌푸렸다.

그가 파악한 목유현은 자신의 재능에 절망하고 주눅 들어 거짓된 자신감을 갑옷 삼아 살아가는 지극히 평범한 범부였다. 상인으로서 그라면 절대 투자하지 않을 인물이었다.

“무척이나 모자란 인물이지.”

어떻게 보자면 전대의 약속, 솔직히 이제 와 어긴다 해도 그다지 문제가 되지 않을 수도 있었다.

그리고 냉정하게 평가하면 이 혼약은 상인이라면 절대 하지 말아야 할 거래와도 같았다.

하지만 역설적으로 방도완은 상인이기에 이 약속을 무시할 수가 없었다.

—작은 이익은 눈앞의 금전을 찾는 자에게, 큰 이익은 신용 있는 자에게로 온다.

이 말은 모연상단의 가훈이었고 그는 그 가르침을 언제나 지키며 살아왔다. 그에게 있어 작은 이익보다 더 우선시되는 것은 신용이었다.

비록 아끼는 딸이지만 자신의 신념을 꺾을 수는 없었다.

“하지만 약속은 약속. 네가 이해해 주리라 믿는다.”

분명 지금 목유현의 모습은 그의 맘에 차지 못했다. 그러나 그는 좋은 배필을 만나 사람이 바뀌는 경우 또한 심심치 않게 보았고, '그의 딸은 충분히 한 사람을 바꿀 수 있다' 라고 믿고 있었다.

방도완은 고개를 들어 물끄러미 딸의 눈을 마주 보았다.

"네, 알겠어요."

"너의 혼약이다. 더 할 말은 없느냐?"

"아버지의 결정에 따르겠어요."

딸의 눈은 흔들림없이 잔잔했고 또한 평안했다. 일말의 동요도 없는 눈동자는 어찌 보면 자신감에 찬 것과도 흡사하게 보였다.

하지만 방도완은 갑자기 이마를 찌푸렸다.

"그래, 벽월검문으로 서신을 보내마. 너도 돌아가 네가 필요로 하는 것을 준비하거라."

"예."

방시연은 일어나 가볍게 고개를 숙였다.

"시연아."

"네."

밖으로 나서려는 그녀를 방도완이 불러 세웠다.

"가훈을 잊지 말거라. 신용을 저버리는 자는 모연상단의 사람이 아니다."

"알겠어요."

방시연은 미소를 머금으며 그의 말에 답했다.

방도완은 그녀가 자리를 비운 후 홀로 남아 용정을 다시 한 모금 기울였다.

　찻물은 식어 있었다. 그런 탓인가? 평소와는 달리 차는 유난히 쓰기만 할 뿐, 아무런 흥취조차 느껴지지 않았다.


　와장창.

　방시연이 거처로 돌아오자마자 그녀의 방 안에서는 무언가가 깨지는 날카로운 소리들이 울려 퍼졌다.

　"그깟 약속이 뭐기에!"

　사람들을 물린 채 방시연은 손에 잡히는 모든 것들을 집어던져 버렸다.

　"신용을 저버리는 자는 모연상단의 사람이 아니라고?"

　약속이라 어쩔 수 없다 말하는 방도완의 앞에서 태연을 가장한 것은 그녀로서 정말 최선의 최선을 다한 것이었다.

　아마 그녀의 인내심이 조금만 더 낮았다면 방도완에게조차도 숨겨왔던 맨얼굴을 보였을 것이고, 결국 그녀의 계획을 망칠 수도 있었을 것이다.

　어차피 자신이 무엇을 말하든 아버지는 이 혼약을 그만두지 않을 것이었다.

　신용을 목숨보다 중요하게 생각하는 방도완은 정말 보기 드문 구식의 상인이었다.

　그런 방도완이 이 혼약을 포기하게 하기 위해서는 좀 더 강한 계획을 동원해야 했다.

상인으로서 신용마저 포기할 수 있을 정도의 일.

예를 들면 수없이 많은 사람들 속에서 자신의 혼약자가 상종하기 힘든 인간임을 보여주는 정도는 되어야 했다.

마침 다행인 것은 그런 계획을 실행할 수 있는 절호의 무대가 곧 마련된다는 것이었다.

방시연은 방 한 구석에 마련된 종을 흔들었다.

그와 동시에 문이 열리고 그녀의 전속 하녀들이 들어와 방을 청소하기 시작했다.

"밖으로 나갈 것이니 채비를 하도록 해."

"알겠습니다. 아가씨."

하녀들은 능숙히 방을 정리하고는 밖으로 나갔다.

"일단 써먹을 말부터 준비해야겠지?"

적당한 청사진은 준비되어 있었다.

이제 할 일은 직접 몸을 움직여 그 말들을 배치하는 것이었다.


방시연이 도착한 곳은 상단에서 다소 떨어진 다루였다.

휘성루라는 이름의 이 다루는 호북에서도 손꼽힐 정도로 고급차만 취급하는 아주 호화로운 곳이었다.

이곳에서의 차 한 잔이 웬만한 가정의 일 년치 생활비에 육박할 정도로 비쌌지만, 언제나 다루는 돈 좀 있다는 사람들로 문전성시를 이루었다.

방시연이 다루 앞에 도착하자, 그녀를 알아본 점원이 능숙
하게 삼층에 마련된 특실로 안내했다.

"오래 기다리셨어요?"

특실 안에는 사십대 중반으로 보이는 장한과 이십대 초반
으로 보이는 청년이 담소를 나누고 있었다. 두 사람 다 그녀
를 보고는 일어났다.

"아니오. 우리도 도착한 지 얼마 되지 않았소."

"그렇습니다."

두 사람 다 그녀보다는 연배가 많아 보였지만 그녀를 대하
는 품이 제법 공손했다.

그녀는 그런 두 사람을 보며 가볍게 미소 지었다.

그런 모습을 마주하는 청년의 뺨이 씰룩이며 무언가 끈적
끈적한 미소가 걸렸지만 이내 자취를 감추었다.

"제가 두 분을 부른 이유는 알고 계시겠죠?"

"물론이오."

방시연은 얼마 전 그들에게 한 통의 서신을 보냈다.

그 서신을 보고 이들이 여기까지 온 것이었다.

"벽월검문을 짓밟을 복안이 있다 하셨소?"

"비슷해요."

방시연은 싱긋 웃음을 지으며 자리에 놓인 차를 한 모금 입
에 흘려 넣었다.

두 사람은 강서성 남부에서 꽤나 잘나가는 문파인 호룡각

의 각주와 그의 아들이었다.

　정사지간의 문파인 호룡각은 강서 남부의 떠오르는 신흥 강호로 벽월검문과 지척에 있는 포명에 자리하고 있었다. 그들은 세력을 넓히려 꽤나 애를 쓰고 있었지만 지척에 자리한 벽월검문에 막혀 좀처럼 세를 확장하지 못하고 있었다. 물론 그들의 힘은 이미 벽월검문을 넘어선 지 오래였지만 이렇다 할 명분이 없었다.

　그 명분을 만들어주겠다고 접근한 이가 바로 눈앞의 방시연이었다.

　“당신들이 원하는 바와 내가 원하는 바가 일치하니 같이 길을 걸어갈 수 있을 것 같군요.”

　그녀는 한 모금 차를 머금으며 가볍게 미소 지었다.

　‘모연상단에 상단주 못지않은 재녀가 있다 했더니 그 속에 뱀을 품고 있었군.’

　호룡각주 엽상은 알 수 없는 웃음을 짓고 있는 방시연을 보고는 살짝 이마를 찌푸렸다.

　솔직히 다른 이가 이런 서한을 보냈다면 코웃음만 치고 말았을 것이다. 하지만 그것이 모연상단의 장녀라면 이야기가 달랐다. 방탕하고 쓸모없는 장자와는 비교도 되지 않을 정도로 유능하고, 실제로 상단의 대외적인 업무 중 일부를 맡을 정도로 이미 그 능력을 인정받은 여인이었다. 그리고 호북제일 상단이라 불리는 모연상단의 세를 감안한다면, 또 그녀가 가진 동기를 감안한다면 손을 잡지 않을 이유 또한 없었다.

대외적인 모양새를 위해 호룡각을 정사지간이라는 중립적인 위치로 보이게 했지만 엽상 자체는 사파에 가까운 생각을 가진 인물이었다. 그는 자신에게 떨어질 이익을 위해서라면 무엇이든 할 수 있었다. 그것이 설사 자신보다 두 배는 어린 여인에게 고개를 숙이는 일일지라도.

"일단 제 계획의 기둥은 이래요."

방시연의 입에서 계획의 모체가 흘러나왔다.

"오호, 그렇군."

엽상은 고개를 끄덕였다.

방시연의 계획은 제법 그럴싸했다.

그녀의 목적과 자신의 목적, 두 가지가 훌륭하게 양립하고 있었다.

"그럼 세부적인 것을 조율해 보도록 할까요?"

문득 엽상은 자신의 아들 엽초곤의 시선이 흘긋 방시연을 훔쳐보고 있음을 알게 되었다.

그런 엽초곤의 시선을 방시연 또한 느꼈는지 엽초곤을 향해 고혹적인 눈길을 보냈다.

꿀꺽.

아들이 삼키는 침 소리에 엽상은 슬며시 한숨을 내쉬었다. 이루어만 진다면 바랄 것이 없겠지만, 아들이 노릴 만한 상대가 아니었다. 섣불리 다가갔다가 독가시에 찔리는 아들의 모습을 보고 싶지는 않았다.

'나중에 따로 이야기를 해야겠군.'

엽초곤의 눈을 보니 말해도 들을 것 같지는 않았지만 그렇다고 가만히 놓아둘 수는 없는 노릇이었다.

'흥. 더러운 눈깔을 들이대기는.'

방시연은 끈적끈적한 엽초곤의 눈이 불쾌한 듯 얼굴을 가린 찻잔 사이로 입가를 찡그렸다. 물론 찻잔이 절묘하게 가렸기에 다른 이들은 눈치채지 못했다.

'하지만 일단은 중요한 말이니까.'

그녀의 계획에 엽초곤은 빠질 수 없는 말이자, 그녀를 위해 무대 위에서 춤춰줄 광대였다.

그리고 그 광대와 춤을 춰야 될 이는 바로 그녀의 정혼자, 떠올리기도 싫은 이름, 목유현이었다.

아마 절대 잊지 못할 기억이 될 것이다.

그것은 넘보지 못할 나무에 오르려 한 무능한 정혼자에게 내리는 형벌이자, 그 주제를 가르쳐 줄 그녀의 선물이기도 했다.

*　　　*　　　*

침묵만이 가득한 커다란 공동 가운데 한 소년이 있었다.

커다란 공동을 비추는 것은 작은 횃불 하나가 전부.

익숙하지 않은 사람이라면 눈앞조차 제대로 보지 못할 정도로 어둑한 공간이었지만 소년에게 그것은 아무런 장애가 되지 않는 듯했다.

소년의 양손에는 검이 들려 있었다.

소년은 검끝을 꽈악 움켜잡고 한참이고 서서 미동조차 하지 않았다.

그러기를 한식경.

마치 석상처럼 우두커니 서 있던 소년의 검끝이 움직이기 시작했다.

소년이 휘두르는 검의 궤적은 강건하면서도 유려했다.

한 발을 내딛으며 그려내는 궤적은 밤하늘에 뜬 커다란 달과도 같았고, 다음 발을 강하게 내딛으며 뻗는 검은 그 달을 부숴 버릴 것 같이 흉폭했다.

하지만 소년의 검에는 무언가 부족했다. 마치 중요한 양념이 빠진 요리와 같이 그의 검에는 무언가 빠진 부분이 있었다. 아니, 소년의 문제라기보단 검법 자체의 문제처럼 보였다.

"흡."

정해지지 않은 검로, 알 수 없는 검초, 억지로 나아가려던 소년의 검이 두 가지 암초에 걸려 멈추어 섰다.

"역시 무리로구나."

커다란 공동이 소년의 한숨으로 가득 찼다.

소년이 연마하는 검법은 가장 중요한 부분이 유실된 반쪽
짜리 검법이었다.

중요한 부분을 찾아 완성시킨다면 천하를 경동시킬 수 있
을 정도의 상승 검도였지만 지금의 검법은 겨우 일류에 미칠
정도에 지나지 않았다.

"그러고 보니 시간이 꽤 지난 것 같군."

시간을 측정할 목적으로 천장에 달아놓은 자루 속 향료의
양을 보고 소년이 중얼거렸다. 반 정도 없어진 것으로 보아
마지막 확인한 것으로부터 대략 나흘 정도가 흐른 것 같았다.

문득 소년의 시선이 공동의 구석에 있는 작은 구멍에 닿았
다.

그 구멍은 폐관수련을 목적으로 지어진 이 공동과 밖을 연
결하는 유일한 출구에 달린 것이었다. 그곳에는 작은 쪽지 하
나가 놓여 있었다.

폐관수련 동안은 웬만한 일을 제외하면 어떤 연락도 들어
오지 않았기에 소년은 다소 의아한 얼굴로 갸웃거리며 다가
가 쪽지를 펼쳤다.

"……!"

그리고 쪽지를 펼치자마자, 소년의 얼굴은 마치 납을 들이
부은 것 마냥 딱딱하게 굳어버렸다. 쪽지에 담긴 것은 동생의
실종에 관한 내용이었다.

벽월검문주의 차남이자, 목유현의 동생이기도 한 목진현

은 그 순간 폐관을 깨고 밖으로 나왔다.

"당하다 보니 다소 익숙해지기는 하는데 여전히 신기하군. 목유현."

뇌천패는 땅바닥에 드러누운 채로 중얼거렸다. 전신 가득하던 수염과 털들을 밀어버린 그는 며칠 전만의 기억으로는 알아보기 힘들 정도로 달라져 있었다. 물론 척 봐도 험악한 모양새가 어디 가는 것은 아니었지만.

그의 옆에는 목유현이 나무에 등을 기댄 채로 이마에 흐르는 비지땀을 닦고 있었다.

뇌천패는 비교적 검문에 자연스럽게 녹아들었다. 정확히 말하자면 최대한 사람들과 안 마주치게 목유현이 조정하고 있는 것이었지만.

벽월검문에서 모영강과 목유현으로부터 이야기를 전해 들은 목현곤을 제외하면 뇌천패의 정체를 아는 이는 없었다. 처음 목현곤에게 뇌천패에 대해 이야기했을 때 그의 표정은 정말이지 볼만한 것이었다. 어이없어 하는 목현곤을 진정시키고, 사람들에게 문주로부터의 명을 전하도록 부탁했다.

그가 부탁한 명은 간단했다. 뇌천패는 문주로부터 허락받은 검문의 손님이므로 아무도 그에게 폐를 끼치지 말란 것이었다. 그의 정체에 의문을 가지는 이도 있긴 했지만 신경 쓰지 말란 문주의 명에 다들 호기심을 접어 넣었다.

“이제 좀 속이 풀렸나?”

“대충. 이대로 사흘만 흐르면 당분간은 잠잠할 것 같은데?”

“…그건 무리다.”

목유현이 한숨을 내쉬었다.

그들이 있는 곳은 벽월검문의 뒷산이었다. 매일 싸우자고 달라붙는 뇌천패의 등살에 못 이겨 목유현이 그를 데리고 이리로 온 것이었다. 그리고는 한 시진에 가깝게 그와 대련을 하고 있었다.

물론 목유현 또한 그와의 이런 시간이 썩 싫지는 않았다. 그와의 대련은 퍽 즐거운 맛이 있었고, 마라의 성장에도 도움이 되곤 했다. 다만 껄끄러운 것은 여전히 불만족스럽다 외치는 뇌천패의 모습이었다.

“그럼 나는 먼저 내려가겠다.”

“오~ 나는 여기서 좀 더 땀을 흘리고 가지.”

역시 아직은 무언가 부족하다는 얼굴로 뇌천패는 목유현을 배웅했다.


목유현은 벽월검문 내부를 걷고 있었다.

목소하의 거처에 들렀다가 돌아오는 길이었다.

적어도 하루에 한 번은 목소하의 거처로 들르는 것이 요즘 그의 일과였다.

목소하의 상태는 점점 나아져, 이제는 그 그늘을 상당히 벗어던져 가고 있었다.

여전히 그때의 기억이 떠올라 불안에 떨 때도 있지만, 목유현이 옆에 있으면 그 기억이 옅어지는 듯 적잖이 안심하는 것 같았다. 아마 비사문에서 보았던 목유현의 든든한 모습 때문이리라.

나아가던 목유현의 발걸음이 뚝 하고 멈추었다.

이유는 단순했다.

"진현아."

눈앞에 자신의 또 다른 동생, 목진현이 서 있었기 때문이었다.

목진현 또한 그의 모습에 놀란 듯 얼굴이 딱딱하게 굳어 있었다.

"언제 왔어?"

그를 마주 보는 목진현의 목소리에는 가시가 돋아 있었다.

"며칠 되지 않았다."

"……."

"성취는 있었느냐?"

"덕분에."

목유현을 바라보는 목진현의 눈동자는 잘게 떨리고 있었다. 떨리는 눈동자에는 실로 다양한 것들이 혼재해 섞여 있었다.

"소하에게 가는 길이냐?"

"그래."

"잘 돌봐주거라. 많이 힘들어 했으니."

"흥! 형이 언제 그런 것까지 신경 썼다고."

목진현은 그의 말에 코웃음을 쳤다.

목유현은 자신을 노려보는 동생의 눈빛에 씁쓸한 웃음을 머금었다.

하지만 아무런 말을 할 수 없었다.

목진현의 어깨에 많은 짐을 내팽개치듯 올려놓고 도망가 버린 이가 바로 자신이었기 때문이었다.

과거 두 사람은 이야기에 회자될 정도는 아니었지만 제법 우애가 돈독한 형제였다.

다소 개구쟁이였지만 그래도 믿음직한 형인 목유현과 그를 따르는 동생인 목진현은 사람들의 눈을 흐뭇하게 할 만큼 우애를 보이곤 했다.

그런 그들의 사이가 갈라지기 시작한 것은 목유현이 검을 포기하고서부터였다.

목유현의 재능이 반딧불만 했다면 목진현의 재능은 한 마을을 족히 밝힐 정도의 커다란 불꽃과도 같았다. 그런 동생과의 재능 차이에 일찌감치 좌절해 버린 목유현은 이내 검을 놓아버렸다.

그런 그를 동생은 이해하지 못했다. 그리고 그를 설득하기 위해 최선을 다했다. 열등감에 빠져 있던 목유현은 순수한 동생의 설득을 피해의식에 빠져 외면하고 잘난 척하지 말라 매도해 버렸다.

목유현은 자신에게 주어진 권리만을 챙기고 의무를 모두 동생에게 전가해 버렸고, 그 후 동생과의 대화는 제대로 이어지지 않았다.

이해 없이 서로 날카로운 말만을 내뱉는, 진정한 소통의 부재는 서로간의 골을 더욱 깊게만 할 뿐이었고, 시간은 그 골을 메우기는커녕 깊어지게만 했었다.

결국 서로 머리가 굵어질 대로 굵어지고 나서는 이런 형국이 되어버리고 만 것이다.

하지만 목유현은 기억하고 있었다.

가문의 마지막 날, 그를 노리는 칼날에 대신 몸을 날려 목숨을 바친 동생의 모습을.

목진현이 목숨을 잃는 순간 자신의 가슴을 가득 메웠던 그 지독한 상실감을.

싫어한다, 경멸하다고만 느꼈던 동생이 곁을 떠나는 순간 느꼈던 그 슬픔은 아직도 목유현의 가슴속에 깊숙이 박혀 있었다.

그렇기에 목유현은 차가운 동생의 모습에도 그저 쓴웃음만을 지을 뿐이었다.

“나중에 다시 보자꾸나.”

“흥.”

그렇게 한참을 노려보던 목진현은 이내 코웃음을 치더니 그를 지나쳐 목소하의 거처로 가버렸다.

“조금씩 다가가야겠지.”

한 걸음 만에 가까워질 방법은 떠오르지 않았다.

하지만 포기하지 않고 꾸준히 다가가다 보면 예전 사이좋던 우애를 다시 찾을 수 있으리라. 목유현은 그렇게 생각하고 다짐했다.

*     *     *

고상해 보이는 연못과 멋스러운 느낌을 주기 위해 만들어 놓은 정원, 얼핏 보기에는 신선이 노닐 것 같은 모습이었지만 다소 안목이 있는 사람이 본다면 졸부의 빌어먹을 취미라고 평할 장소에 세 명의 사람이 모여 있었다.

거만한 표정과 얼굴에 덕지덕지 달라붙은 욕망의 흔적이 여기에 자리한 사람들의 면면을 잘 나타내 주고 있었다.

그들은 일단 서로를 대함에 있어 미소를 띠고 있었지만 눈 주변의 근육이 전혀 미동도 하지 않는, 그야말로 억지 미소였다.

적은 아니고, 분류를 하자면 오히려 아군이지만 서로 간에 진심으로 친해지고 싶은 마음이 없는 사람들의 모임이라고나 할까.

서로 이야기하는 것이 모두 무미건조하고 신변잡기에 지나지 않았다.

"기다렸습니까?"

그때 또 다른 이가 그들이 자리한 정원에 모습을 드러냈다.

그는 호룡각주 엽상이었다.

"엽 각주, 우리는 모두 바쁜 몸이오."

"그렇소. 가뜩이나 숭무지회가 코앞이라 정신이 없는 우리들을 불러 모은 까닭이 뭐요?"

세 사람은 짠 것 마냥 동시에 불만을 늘어놓았다.

'살만 뒤룩뒤룩 찐 돼지들이.'

엽상은 속으로는 비웃음을 내뱉었지만 겉으로는 웃는 낯일 뿐 절대 내색하지 않았다.

정원에 모인 세 사람은 강서남부 중소문파들의 모임 숭무련을 결성한 처음 네 문파, 이른바 사주(四柱)로 칭해지는 이들 중 세 문파였다. 그 나머지 하나는 벽월검문으로 성세가 기운 후로부터는 이름만 그리 불릴 뿐 거의 인정받지는 못하는 형편이었다.

"먼저 강서 남부의 문파들을 지휘하고 선도하는 세 문파의 노고에 경의를 표합니다."

엽상은 먼저 그들에게 포권의 예를 취했다.

"뭐… 노고라고 할 것까지야."

그들은 너스레를 떨었으나, 눈가는 여전히 굳어 있었다. 속셈을 보이라는 것이었다.

"분명 여러분은 강서 남부를 떠받치는 기둥이라는 이름에 걸맞지만, 또 한편으로는 녹이 슨 기둥도 남아 있지 않습니까?"

"흐음?"

"그래서?"

그들은 눈을 게슴츠레 뜨고는 엽상을 바라보았다.

"마침 제가 그 기둥을 치워보려 합니다. 녹이 슬고 낡은 것을 갈아야 더 좋은 건물이 되는 법이지요."

"하지만 녹이 슬었다 하여 애먼 기둥을 갈다가는 건물이 무너질 수도 있는 법이지 않소?"

명분 없이 일을 처리할 경우, 큰 문제가 생길 수도 있다. 컬컬한 목소리에는 그런 의미가 담겨 있었다.

"걱정 마십시오. 비록 하나가 무너진다 한들, 다른 튼튼한 세 개의 기둥이 남아 있는데 무슨 걱정이 있겠습니까? 게다가 녹이 슬었다 한들 속은 제법 값이 나가는 기둥, 나누어도 전혀 모자라지 않겠지요."

그는 세 문파를 적당히 띄워주며, 또 한편으로는 당근을 제시하고 있었다.

벽월검문이 자리하고 있는 곳은 강서 남부에서도 손꼽히는 노른자 땅인 서금이었다. 강서와 복건을 잇는 요충지인 서금은 상인과 사람들의 왕래가 잦아 꽤 커다란 상권이 형성되어 있었다. 호룡각주 엽상은 벽월검문이 차지한 서금의 상권을 혼자 다 삼킬 생각은 없다고 세 문파에게 얘기하고 있었다.

"호오, 적당한 방책이 있나 보군요."

그 이야기에 흥미가 동했는지 세 문파의 얼굴에 여태와는 다른 활기가 띠었다.

"그렇습니다. 단 하나만 약조해 주시면 됩니다."

"그게 무엇이오?"

"얼마 후, 사건이 하나 벌어질 것입니다. 그때 저희의 편을 들어주시기만 하면 됩니다."

"사건이라면?"

"그건……."

이번 숭무지회가 열리는 사주의 한곳 태도문(泰刀門)의 정원에서는 모략의 악취가 뭉게뭉게 피어나고 있었다.

*　　　*　　　*

한편.

벽월문에서는 일단의 일행이 길을 떠났다.

행선지는 이번 숭무지회가 열리는 태도문이었다.

원래 숭무지회는 사주의 네 문파가 차례대로 돌아가며 열었지만 벽월문의 성세가 떨어지고 난 후로부터는 다른 세 문파에서만 열리고 있었다.

인원은 열 명.

벽월검문주 목현곤과 검문에서 제일가는 후기지수인 목진현, 모영강과 반월대의 무사들이었다.

물론 목유현 또한 일행에 끼어 있었고, 아주 당연한 것처럼 백화연 또한 그의 옆에 붙어 있었다.

뇌천패는 오지 않았다. 아니, 목유현이 말렸다.

그에는 여러 가지 이유가 있었다.

일단 가장 큰 이유는 숭무지회 안에서까지 그를 통제할 자신이 없다는 것이었다.

평소에도 근질거리는 천성을 참지 못하는 지독히 호전적인 그가, 자신을 발산하고 싶어 발버둥치는 사람들이 모이는 비무대회에서 어떻게 행동할지는 정말 생각만 해도 끔찍했다.

그가 난리를 치면 칠수록 시선은 그와 동행인 자신에게로 쏠릴 것이고, 그건 절대로 바라는 바가 아니었다.

그리고 또 다른 이유도 있었다.

이번 숭무지회에는 목소하가 같이 가지 않았다. 아직 요양이 필요한 시기기도 했거니와 사람이 너무 많은 곳은 썩 좋지 않다는 의원의 권고 또한 있었다.

기억 속에 이제 목소하에게 닥치는 특별한 변고는 없었지만, 그렇다고 또다시 그녀를 방치하는 실수는 하기 싫었다.

그랬기에 목유현은 뇌천패에게 부탁했다.

아니, 거래했다.

숭무지회가 끝날 때까지 벽월검문에 남아 여동생의 안전을 지켜준다면, 그가 바라는 것은 무엇이든 들어주겠다고.

뇌천패는 못마땅한 듯 고개를 갸우뚱했지만 결국은 수긍하고 거래에 응했다.

그런고로 현재 뇌천패라는 감당하기 힘든 폭탄은 숭무지회로 가는 일행에 포함되지 않았다.


일행은 크게 세 덩이로 나누어져 있었다.

처음은 제일 앞서 가는 목현곤과 목진현이었다. 애초 과묵한 편인 두 사람은 별다른 대화 없이 묵묵히 일행을 선도하고 있었다.

그다음은 모영강과 그가 대주로 있는 반월대였다. 그들은 서로 간에 잡담을 나누어가며 걸어가고 있었다. 수시로 뒤를 바라보는 모영강의 모습에 반월대는 다소 의문스러운 얼굴을 했지만 그 이유는 알지 못했다.

모영강이 시시때때 바라보며 눈치를 보던 뒤쪽에는 목유현과 백화연이 자리하고 있었다.

그들이 뒤쪽에 자리한 이유는 오로지 목유현 때문이었다.

아직 동생과 같이 하는 것이 못내 껄끄러웠던 목유현이 일부로 그를 피해 뒤쪽으로 자리를 옮긴 것이었다.

백화연은 다소 짓궂은 미소를 지을 뿐, 그의 행동에 별다른 말을 하지 않았다. 이미 목소하로부터 이런저런 이야기를 들은 그녀였지만 목유현의 행동에 특별한 간섭을 하지는 않았다.


나흘을 걸어 일행은 숭무지회가 열리는 태도문에 도착할 수 있었다.

태도문 인근은 숭무지회를 구경하기 위해 몰려온 인파로 문전성시를 이루고 있었다.

숭무지회는 중원 전체로 보면 그리 큰 비무대회라고는 절대 할 수 없었지만 강서성 남부로 한정한다면 단연 손꼽히는 축제였다.

강서 남부의 서른 개 가까운 문파의 후기지수들이 모여, 그 실력을 뽐내고 경쟁을 통해 더 나은 길을 모색한다는 취지의 숭무지회는 별다른 일이 없고는 사 년에 한 번 개최되곤 했는데, 이번 숭무지회는 사십 회라는 다소 기념비적인 의미 또한 가지고 있었다.

숭무지회를 구경하기 위해 모여든 인파를 헤쳐 일행은 태도문에 도착했다.

간단한 신분검사 후 일행은 태도문 내에 마련된 숙소로 안내받았다.

그들을 안내한 이는 부총관의 직책을 가지고 있는 나운벽
이었다. 쥐꼬리 같은 수염을 자랑스럽게도 기른 그는 유난히
도 날카롭게 삐져나온 턱 덕분에 정말 쥐를 보는 듯한 인상을
풍기고 있었다.

그가 안내한 곳은 다소 허름한 느낌이 드는 별관이었다.

"여기서 머무시면 됩니다."

나운벽은 쥐꼬리 수염을 자랑하듯 정성껏 쓰다듬으며 말
했다.

"정녕 이곳이 맞습니까?"

모영강이 이마를 찌푸리며 물었다.

지붕 곳곳에 보이는 거미줄에 흙이 고루 발리지 않아 군데
군데 금이 가는 벽체, 슬쩍 위를 보니 박살 난 기와의 흔적도
보였다.

하인들의 숙소나 창고라면 모를까 절대 손님을 맞이할 용
도의 건물은 아니었다.

나운벽은 당연한 것을 굳이 왜 묻냐는 얼굴로 모영강을 빤
히 바라보았다.

"그렇습니다만. 뭐 더 필요하신 게 있다면 얼마든지 말씀
하십쇼."

너무나도 당당하게 말하는 나운벽의 말에 모영강은 잠시
벙찐 얼굴로 그를 쳐다보았다.

아무리 벽월검문의 세가 눈에 띄게 줄어들었다 한들 이런

대접은 너무한 것이었다.

"아니, 정녕 이런 곳에 손님을 묵혀두는 것은 예의가 아니지 않소."

"어쩔 수 없습니다. 이번 여름 수해 때문에 별관 하나가 파손된데다, 벽월검문이 제일 늦게 도착한지라 다른 곳은 모두 가득 찼습니다."

늦은 게 잘못이지, 왜 엉뚱한 곳에 난리냐는 나운벽의 말에 모영강은 분한 마음에 더 쏘아붙이려 하였으나 자신의 앞에 나타난 목현곤의 손에 가로막혔다.

목현곤은 모영강을 바라보며 고개를 저었다. 그만하라는 의사의 표시였다.

"알겠소. 필요한 것이 생기면 내 사람을 보내 연통하겠소."

목현곤의 말에 나운벽은 수염을 매만지며 불쾌한 시선을 보내다 이내 고개를 끄덕였다.

그의 신분이 고작해야 태도문의 부총관임을 감안한다면 무척이나 무례한 행동이었다. 무척 간이 붓지 않고서는 다른 문파의 문주를 대하는 데 있어 절대 하지 않을 행동이기도 했다. 그도 아니면.

'일부러 하는 짓거리거나. 윗대가리들의 사주를 받아 말이지.'

목유현은 숨을 크게 내쉬었다.

이제부터 잠시 동안은 그가 참을 일투성이였다.

과거 인생 중 가장 밀도 깊게 모욕을 치렀던 곳에 발을 들여놓은 것이다.

그가 세운 작은 계획을 위해서라면 잠시 동안은, 아주 잠시 동안은 모든 것을 참고 넘겨야 했다.

고작 해야 이런 작은 도발 정도에 반응할 이유 따윈 조금도 없었다.


일행은 작은 별관에 나누어 자리를 잡았다.

모영강과 반월대는 그 수가 가장 많은 만큼 그나마 넓은 방에 자리 잡았다. 아니, 수를 생각한 다면 그리 넓지도 않았다.

나머지는 각자 작은 일인실에 자리를 잡았다.

목유현이 자리 잡은 곳은 개중 가장 구석에 있고, 다른 곳들과는 다소 떨어진 방이었다.

목유현은 작은 방에 짐을 풀고는 벽에 등을 기대고 앉았다.

방은 무척이나 좁았다.

낡기도 낡았거니와 관리가 된 흔적도 보이지 않았다.

가구는 낡다 못해 헐어 있는 작은 장롱이 전부였고, 침상조차 제대로 없었다. 창문에는 뿌옇게 먼지가 깔려 있었고, 여기저기 습기로 가득 차 곰팡이가 핀 구석도 있었다. 여기가 아닌 다른 방의 사정도 그리 다르지는 않을 것이었다.

아마 그의 아버지인 목현곤이 조금만 다혈질이었어도, 당

장 폭발하여 뒤집어엎어 버리려 했을지도 모른다. 하지만 그
의 아버지는 자신의 분노가 문파에 좋지 않은 영향을 미친다
는 것을 알고 있었기에 이런 취급도 그저 웃어넘기는 것이었
다.

목유현은 기억을 통해 이들의 의도를 대강 파악하고 있었
다.

이런 소소한 도발조차도 전부 목유현 자신에게로 귀결되
는 계획의 일부였다.

'그러고 보니 슬슬 올 때가 되었군.'

혈마로서의 삶이 너무 강렬하고 괴로웠던 탓에 과거의 기
억 중 많은 부분은 마모되고 흐릿하기 짝이 없었다. 사람들의
얼굴도 많이 잊었고, 중요한 일이 아니면 기억조차 나지 않는
경우가 많았다.

하지만 숭무지회에서 벌어지는 일들만큼은 바로 어제 벌
어졌던 일만큼이나 생생하게 기억 속에 남아 있었다.

'그렇게 강렬한 기억이었다는 건가?'

혈마 때의 기억에도 지지 않을 정도의 강렬한 기억이라.

목유현의 입가에 절로 씁쓸한 웃음이 새어 나왔다.

그런 기억이 사건 하나를 떠올리고 있었다.

그의 기억대로라면 곧 불청객이 그를 찾아올 것이었다.

쿵쿵쿵.

무척이나 불쾌한 투로 문을 두들기는 소리에 목유현은 자

신의 기억이 틀리지 않았음을 확인하며 다시금 쓴웃음을 지었다.


　호룡각주의 아들이자 소각주인 엽초곤은 얼굴 근육에 힘을 잔뜩 줘가며 인상을 찌푸리고 있었다. 육 척 오 촌의 장신에 어깨까지 떡 벌어져 가뜩이나 험악해 보이는 분위기의 그가 인상까지 찌푸리니 웬만한 건달은 그의 전면만 보고도 부리나케 도망가 버릴 수준에 다다르고 있었다.
　그는 목유현의 방 앞에 서서 문을 두들기고 있었다.
　엽상의 지시 때문이었다.
　엽상은 그를 따로 불러 무언가를 지시했고, 그는 그 지시에 따라 목유현을 찾아온 것이었다.
　"병신 하나 마음대로 주무르는 거야 일도 아니지."
　그는 목유현의 소문을 익히 들어 알고 있었다. 정사지간의 문파답게 강함을 숭배하는 호룡각의 소각주인 그에게 검을 익히다 좌절하고는 가출을 일삼는 목유현은 그저 병신과 다를 바가 없었다.
　쾅쾅쾅.
　주먹으로 문을 두들기던 그는 벌컥 하고 문을 열어 젖혔다.
　다른 이가 머무는 방임에도 한 점 거리낌이 없었다.
　방 안에는 벽에 등을 기대고 있는 목유현이 그를 바라보고 있었다.

다소 졸린 것처럼 초점이 흐릿한 목유현의 눈이 방에 들어선 침입자에게 향했다.

"흐……."

들었던 것보다 훨씬 얼빠지게 느껴지는 목유현의 모습에 엽초곤의 얼굴이 절로 비웃음과 경멸을 그려냈다.

"무… 무슨 일이시죠?"

목유현은 보이지 않게 한숨을 내쉬고는 기억 속 이 시기 무렵의 자신과 가장 유사한 반응을 흉내 냈다. 아마 백화연이 본다면 배를 잡고 굴렀을지도 모르는 행동이었다.

"잠시 볼일이 있으니 좀 따라나와 봐."

"무… 무슨 일이냐고 물었습니다."

"아… 귀찮게스리. 문파의 후기지수들끼리 친목의 시간을 가지자고 하는데 뭐 이리 잡소리가 많아?"

엽초곤은 최대한 목소리를 깔며 위협적인 모습을 보이고 있었다.

확실히 웬만한 이가 본다면 절로 오금이 저릴 정도였고, 과거의 목유현에게도 충분한 위협의 효과를 발휘했었다. 물론 지금의 목유현에게는 아무런 감흥도 주지 못했지만.

"귀찮게 하지 말고 따라오라고."

엽초곤은 성큼성큼 다가와 목유현의 팔을 잡고 이끌었다. 목유현은 기억에 있었던 대로 아무런 말도 하지 않은 채 그를 따라갔다.

그가 목유현을 끌고 간 곳은 태도문 한 구석에 있는 작은 공터였다.

공터에는 꽤 많은 이들이 모여 있었다. 모두 하나같이 엽초곤의 또래의 이들로 제각기 다른 복식을 하고 있었다.

목유현을 보며 다들 눈을 빛내는 모습이 마치 우리에 갇힌 동물의 재롱을 보러 온 구경꾼들 같았다.

"소개하지. 이들은 숭무련의 후기지수들의 모임인 소룡회다. 다들 이쪽은 굳이 소개하지 않아도 되겠지?"

엽초곤은 싱긋 웃으며 둘러싼 사람들을 바라보았다. 그들 또한 같은 웃음으로 그에 답해주었다.

"내 벽월검문의 검이 그토록 고명하다는 소리에 언제나 궁금증을 가지고 있었지. 그래, 한번 보여줄 수 있나?"

엽초곤은 조롱하듯 과장스런 몸동작을 취했다.

"……"

"흐음? 대답이 없군. 나로서는 벽월검문의 검을 보기에는 턱도 없이 모자라다는 것인가? 이거 지독하게도 오만하시군."

그는 목유현을 향해 연신 이죽거렸다.

목유현은 고개를 숙이고는 여전히 아무 말도 하지 않았다.

혹시라도 엽초곤이 고개 숙인 목유현의 눈동자를 보았다면 절대 다시는 그 입을 놀리지 못했을 것이다. 하지만 그는 보이지 않는 곳에서 지독히 차갑게도 타오르는 그 눈을 보지

못했기에 여전히 목유현을 조롱하는 데 여념을 다할 수 있었
다.

"왜 내 물음에 답해주지 않는 거지? 내가 그리도 우스운
가?"

이죽거리던 엽초곤은 갑자기 표정을 확 굳히더니 발로 땅
을 거세게 굴렀다. 쾅하고 울리는 둔중한 소음은 다른 이들이
듣기에도 꽤나 위협적이었다.

"딱 보면 모르나. 자네 따위는 상대할 가치도 없다는 거
네."

"하긴 사주에도 들지 않는 호룡각 따위가 감히 누구를 상
대하려 하는 건가, 그리 생각하고 있을지도 모르지."

"거 그 명성만큼이나 광오한 이로군. 큭큭."

두 사람을 둘러싼 후기지수들의 입에서 짜 맞춘 듯한 대사
가 흘러나왔다.

기억 속 목유현은 방금과 같이 아무런 말을 하지 못했다.
눈앞의 엽초곤에게서 느껴지는 위협과 다수의 이들에게 둘러
싸여졌다는 압박감에 눌려 입조차 뻥긋하지 못했다. 그런 그
기억을 지금도 충실히 재연하고 있는 것이었다.

엽초곤의 험악한 인상이 더욱 찌푸렸다. 한계까지 찌푸려
진 그의 얼굴은 절의 산문을 지키는 사천왕상과도 비견될 정
도였다.

"이거 호의로 소룡회로 데려와 친목을 다지려 했거늘, 그

것을 이런 모욕으로 갚다니.”

그는 진심으로 분한 것처럼 스스로의 가슴을 내리치며 분개했다.

퍽.

두툼한 손이 목유현의 뺨을 거세게 내리쳤다.

둔중한 둔기로 내리치는 소음과 함께 목유현의 고개가 완전히 돌아갔다.

퍽.

다시 한 번 엽초곤의 손바닥이 목유현의 뺨을 가격했다. 방금 전과는 반대 방향으로 목유현의 고개가 돌아갔다.

목유현의 양 뺨은 피를 머금은 것 마냥 더없이 붉게 물들어 있었다.

“이 모욕 지금이라도 당장 풀고 싶지만, 더 적당한 무대가 기다리고 있으니 잠시 참아야겠지.”

“……”

목유현은 실로 무기질한 얼굴로 엽초곤을 바라보았다. 그런 그의 눈을 눈치채지 못했는지 엽초곤은 말을 이어나갔다.

“숭무지회의 규칙을 알고 있겠지. 그곳에서 이 치욕을 갚겠다. 그 대결을 저절한다면 너는 남자가 아닌 그저 쓰레기겠지. 큭큭.”

한쪽 입꼬리를 주욱 하고 올리며 이죽대는 그의 모습에 둘러싼 소룡회의 인원들은 모두 박장대소를 터뜨렸다.

“그럼 나중에 보자고.”

퍽.

엽초곤은 목유현을 지나치며 어깨로 그를 치고 지나갔다. 엽초곤의 키가 목유현보다 머리 하나는 컸기에 그의 어깨는 목유현의 이마를 그대로 가격했다.

사람들은 그 모습이 그리도 웃긴지 연신 웃음을 터뜨리며 손가락질하더니 이내 모두 사라져 버렸다.

“큭.”

목유현은 인적이 사라진 공터에서 쓰디쓴 웃음을 내뱉었다. 모두 과거의 자신이 병신 같은 삶을 살았기에 벌어진 일이었다.

“언제까지 그 이죽거리는 입이 나불대는지 봐주도록 하지.”

목유현은 자신의 뺨을 가격한 그 열기를 곱씹으며 중얼거렸다.

第五章
승무지회(下)

공터에 있었던 일은 놀랄 만한 속도로 퍼져 나갔다.

반나절도 지나지 않았지만 이미 태도문의 일개 하인들의 잡담에서조차 화제로 등장할 정도로 퍼져 나가 있었다.

마치 누군가가 의도한 것 마냥 폭발적으로 퍼진 소문에 사람들은 모두 목유현을 비웃기에 여념이 없었다.

일방적인 조롱과 문파에 대한 모욕에도 아무런 대응조차 하지 못한 채로 그저 수모를 감내해야만 했던 목유현의 치태는 사람들의 비웃음을 독차지하기에 너무나도 충분했다.

그 비웃음은 자연히 목유현이 속한 벽월검문에게로 향했다. 소문을 퍼뜨린 이가 의도한 것 마냥, 사람들은 벽월검문의 세가 이제 기울 대로 기울었다는 이야기를 하기 시작했다.

당연히 벽월검문의 이들도 그 소문을 접했다.

"대주님, 들으셨습니까?"

"…응?"

"일공자에 관한 이야기 말입니다."

반월대 또한 그 소문을 접하고는 모두 인상을 잔뜩 찌푸렸다. 괜한 미꾸라지가 연못을 더럽히고 있는 기분이 들었다. 옹호하려는 생각보다 먼저 그에 대한 혐오감부터 치밀어 오르는 것은 평소에 목유현을 생각하는 거리가 그만큼 멀었기 때문일 것이다.

모영강은 소문을 듣고는 귀를 의심했다. 도대체 무슨 속셈이지? 그의 뇌리 속에 박혀 있는 목유현은 엽초곤 같은 이가 백 수레 넘게 달려들어도 조금도 감당하지 못할 고수였다. 그런데 아무런 대응조차 하지 못하고 일방적으로 그런 치욕을 당했다고? 차라리 지나가던 개가 상승의 검도를 익히게 되었다는 말이 신빙성있게 들렸다.

그는 연신 목유현에 대한 험담을 쏟아놓는 반월대의 말을 듣는 둥 마는 둥 하며 목유현의 속셈에 대해 궁리했으나 도저히 알아낼 수가 없었다.


*        *        *

“목 문주, 이렇게 된 일이오.”

목현곤을 찾아온 이는 호룡각주 엽상이었다. 그는 아까 전 벌어진 일이 우발적인 젊은이들의 사고였다는 투로 사과 아닌 사과를 했다.

“거기다 어차피 숭무지회에서 결판을 가리기로 했다니 나쁘지는 않지 않소?”

엽상은 슬쩍 비웃음 섞인 말을 날리며 목현곤의 안색을 살폈지만 그의 안색은 그저 평온하기만 했다. 목현곤은 과거와는 달리 목유현을 신뢰하고 있었다. 영문 모를 그의 행동도 다 의미가 있다 생각하니 이런 일쯤이야 아무런 감흥도 들지 않았다.

다소 김빠지는 목현곤의 태도에 엽상은 오히려 뺨을 실룩이더니 이내 건성으로 인사하고는 자리를 떠버렸다.

*　　　*　　　*

똑똑.

“목 형, 있는가?”

문을 가볍게 두들기고 이어지는 목소리는 백화연의 것이었다.

“들어와.”

목유현의 말에 백화연이 방 안으로 들어왔다.

“목 형, 재미있는 일을 하려는 것 같군.”

그녀는 알 수 없다는 얼굴로 말을 꺼냈다.

“딱히.”

“처음엔 잠시 귀를 의심했네. 말이 되지 않는다고 판단했거든. 하지만 자네의 모습을 보니 그 말이 사실이었던 것 같군.”

목유현은 벽에 등을 기댄 채 차가운 미소를 짓고 있었다. 백화연의 눈에는 그 모습이 타오를 준비를 하고 있는 차가운 불꽃을 보는 것 같았다.


*　　　*　　　*


“하암, 어디서 오셨수?”

태도문의 문지기는 입이 늘어져라 하품을 했다.

요 며칠 숭무지회로 인해 꽤나 바빴기에 잠을 잘 시간도 부족했기 때문이었다. 덕분에 시도 때도 없이 늘어져라 하품만 하며 입을 쩍쩍 벌리고 있었다.

턱을 너무 벌린 탓인지 양 눈에 눈물이 고여 방금 도착한 방문자들의 면면이 제대로 보이지도 않았다.

“청성에서 왔습니다.”

“아… 아?”

그는 졸려서 헛것을 들었다고 생각했는지 눈을 비볐다.

손가락이 눈가에 고인 눈물을 훔쳐 내자 그제야 방문자들
의 복식이 새파란 파도를 담은 듯한 도포임을 눈치챌 수 있었
다.

"드… 들어오시죠."


태도문 내는 갑작스런 방문으로 인해 기이한 열기로 뒤덮
여 가고 있었다.

청성에서 온 두 사람.

한 사람은 청성의 장문제자이자 차기 장문으로 유력한 이
였고, 한 사람은 요 근래 중원 구주에 그 명성을 떨치는 여류
검사였다.

특히 검봉이라 불리는 서예소의 옆에는 이미 수많은 후기
지수들이 몰려 있었다.

"서 소저."

"소문대로 정말 아름다우십니다."

"그 검명, 익히 듣고 있었습니다."

하나같이 그녀에게 친근하게 말을 걸며 다가가려 했지만
그녀는 기계적으로 대답만 할 뿐 신경조차 쓰지 않았다.

"이거 사매의 인기는 여기서도 꺼지지 않는군."

서예소는 너스레를 떠는 하관철을 찌릿하고 노려보았다.
그런 그녀의 눈길에 하관철을 아무것도 하지 않은 척 휘파람
을 불며 외면했다.

　그들은 일단 이번 숭무지회를 개최한 태도문의 문주를 찾았다.

　"오오… 강호에 위명을 떨치는 신진 고수들을 맞이하다니. 이 노구가 말년에 제대로 호강을 하는구먼."

　"과찬이십니다."

　태도문주 녹종만은 기대하지도 않은 청성파의 방문에 다소 의아한 듯 고개를 갸웃거렸다. 하지만 이내 만족스러운 듯 속으로 쾌재를 불렀다.

　그가 의아함을 품은 것은 당연했다. 사천에 있는 청성과 강서에 자리한 이곳 태도문과는 상당한 거리가 있었다. 여러 표국을 통해 의례적으로 구대문파들에게 초대장을 돌리고는 있었지만 조금의 기대도 하지 않았다.

　그 이유는 단순했다. 여태껏 구대문파가 숭무지회에 인사를 보낸 적은 단 한 번도 없었기 때문이었다. 그런 구대문파 중 일익인 청성파가, 저 멀리 사천에 위치한 청성이 태도문이 주최하는 숭무지회에 사람을 보냈다.

　그것도 어중이떠중이가 아니라 청성의 젊은 피를 대표하는 두 사람을 말이다. 배 아파할 다른 사주의 두 문파를 생각하니 절로 어깨가 으쓱해졌다.

　"한 자루 잘 벼려진 검과도 같은 기세, 검봉이라는 별호가 허명은 아니었군."

　녹종만의 말에 서예소는 의례적인 미소만을 머금은 채 아주 가볍게 고개를 숙였다.

"아… 좀 물어볼 것이 있습니다만."

"무엇인가? 얼마든지 말해보게."

녹종만은 평소 구대문파에 가지고 있던 선입견—권위의식에 전 자신들의 모습을 투영한 심상—으로 상상했던 거만한 모습과는 달리 비교적 공손한 하관철이 무척이나 마음에 든 것 같았다.

"벽월검문……."

"아, 자네들도 소문을 들은 것인가?"

'소문이 빨리도 퍼졌군.'

녹종만이 지레짐작하여 하관철의 말 중간에 끼어들었다.

"무슨 소문 말입니까?"

"으음? 들은 적이 없는가?"

"그렇습니다."

"흐흠. 아무것도 아니네."

녹종만은 그다지 좋지 않은 예감을 느끼고는 말을 얼버무렸다.

하관철은 다소 이상한 느낌을 받기는 했지만 굳이 추궁하지는 않았다. 천천히 알아봐도 되는 문제였기 때문이었다.


오랜만에 보는 친우가 그리도 반가웠던 것일까?

"유현아."

문을 벌컥 열고 들어온 하관철은 목유현을 보고는 그대로
끌어 앉아버렸다.

"음? 관철인가?"

목유현은 반가움을 느끼면서도 의아함을 감추지 못했다.

과거의 기억에는 분명 그를 이 시기에 만난 적이 없었다.

그를 만나는 것은 가문이 멸문하게 되는 삼 년 후였다.

'어떻게 된 거지?'

너무나도 보고 싶었던 친우를 만난 것은 더없이 기쁜 일이
었지만 과거와는 다른 그의 등장이 궁금한 것 또한 사실이었
다.

"뭐야? 나만 반가워하는 것 같은데, 착각이겠지?"

하관철은 목유현을 마주 보더니 싱긋 미소를 지었다.

"그럴지도."

"뭐라고? 세상에 내가 친구를 헛 사귀었군."

하관철은 한숨을 내쉬며 너스레를 떨었다.

친우의 가문을 위해 장문제자의 위까지 포기하고 목숨을
바쳤던 하관철. 목유현에게 있어 그는 너무나도 많은 것을 주
고 떠난 이이자 소중한 친구였다.

"보고 싶었다."

목유현은 그의 양어깨를 꽈악 붙잡았다.

"그거 듣기 좋은 소리인데, 네가 아리따운 소저가 아닌 것
이 무척이나 아쉽군."

문득 목유현은 하관철의 옆에 다소 익숙한 인영이 서 있음을 발견했다.

"목 소협, 오랜만이에요."

"그렇군."

서예소는 할 수 있는 최대한의 미소로 목유현을 마주했다.

서예소는 자신의 기억과 하나도 달라지지 않은 목유현을 보고는 엷게 뺨에 홍조를 띠었다.

"사매의 일에 대해 감사도 할 겸, 자네의 얼굴도 오랜만에 볼 겸 해서 예까지 왔다네. 솔직히 그냥 오기에는 너무 멀지 않는가?"

'그렇군.'

하관철의 말에 목유현은 속으로 수긍했다. 서예소를 구한 일이 두 사람이 이곳에 온다는 새로운 미래를 만든 것이었다.

"목 소협, 그동안 잘 지내셨나요?"

목유현은 대답 대신 고개를 끄덕였다.

"이제 벽을 완전히 넘어섰군."

"모두 목 소협 덕분이에요."

목유현은 예전 헤어질 때보다 더욱 심후해진 그녀의 검을 느낄 수 있었다.

검을 옭아매던 마음의 장벽을 넘어섰기에 더욱더 나아갈 수 있었던 것이리라.

친우의 사매에게 도움을 줬다는 사실이 적잖이 기쁘기도
했다. 어떻게 해서든 하관철에게 진 빚을 갚고 싶었다. 물론
현재의 그가 전혀 알지 못하는 일이라 해도 그 마음은 달라지
지 않았다.

서예소는 목유현을 만나면 하고 싶은 말이 많았지만 정작
그를 만나니 머릿속이 하얗게 빈 것처럼 아무 말도 떠오르지
않았다. 그런 그녀의 상태를 눈치챘는지 하관철이 웃음을 머
금으며 입을 열었다.

"그나저나 말이야. 사매에게 들었다, 너 무지 강해졌다며."

하관철의 눈에 담긴 것은 시기나 질투 같은 것이 아니었다.
친구가 강해졌다는 것을 기꺼워하는 순수한 기쁨과 호기심뿐
이었다.

"그래."

"도대체 어떤 영약을 주워 먹은 거냐? 혹시라도 남으면 나
눠 주라."

큭큭 웃으며 너스레를 떠는 하관철을 보며 목유현은 쓴웃
음을 지었다. 영겁혈륜에 잠식당한 과거가 잠시 떠오른 탓이
었다.

"흠. 깊게 묻지는 않으마. 시간은 많으니까 말이야. 그리고
이리로 오다 신경 쓰이는 걸 하나 들었는데."

"소문을 말하는 거군."

"아아… 도대체 무슨 일이야?"

서예소 또한 신경이 쓰이는 얼굴로 목유현을 바라보고 있었다. 아마 물어보고 싶었지만 주저했던 것이리라.

"그 부분은 신경 쓸 필요 없어."

"응? 뭐야 또 비밀이야?"

"그래. 비밀이다."

"너 좀 많이 변했구나."

"시간이 흘렀으니까."

"흠. 뭐 너도 생각이 없지는 않으니까. 나중에 꼭 가르쳐 주긴 해야 된다?"

"금세 알 게 될 테니 걱정할 필요 없어."

이런 잡담조차 목유현에겐 즐거웠다.

아무것도 신경 쓰지 않은 채 편히 대화할 수 있는 상대는 목유현의 생을 통틀어서도 그리 많지 않았고, 그중 한 명이 바로 눈앞의 하관철이었다.

"선객이 있었군. 목 형, 소개를 부탁해도 되겠나?"

그때, 불쑥 백화연이 방 안으로 고개를 내밀더니 안으로 들어왔다.

"오, 아름다운 소저시로군요. 저는 청성의 하관철이라고 합니다."

"서예소예요."

"성수백가의 백화연입니다. 눈썰미가 좋으시군요."

백화연은 마주하자마자 자신의 남장을 간파한 하관철의

눈썰미에 다소 감탄을 표했다.

"저 친구와는 다르게 말이죠."

"후후."

두 사람은 꽤나 죽이 잘 맞는지 가볍게 웃음을 터뜨렸다.

"무슨 일이지?"

"잠시 주변을 지나가다 방 안이 소란스러워 잠시 들러보았다네."

"……."

"그나저나 이거 소문이 퍼지는 게 아무리 봐도 인위적인 냄새가 풍기는 것 같은데 말이야."

"상관없어."

서예소는 물끄러미 목유현과 거리낌없이 대화하는 백화연의 모습을 바라보았다.

"흠……."

그런 사매의 시선을 눈치챘는지 손가락으로 뺨을 긁던 하관철은 목유현의 귀에 슬쩍 입을 가까이 했다.

"너 저 소저와는 무슨 관계냐?"

"응? 무슨 소리를 하는 거야?"

"혹시 연인이냐?"

"굳이 따지자면 친구에 가깝겠지."

예전에는 단순 동행이라 단언했던 것에 비하면 목유현에게서 꽤나 신분 상승을 이룩한 백화연이었다.

"그래? 내 눈에는 그리 보이지는 않는다만. 그리고 너 정혼자도 있었지 않냐?"

"…그렇지."

목유현은 다소 인상을 찌푸리면서도 그의 말에 답했다.

"쳇. 이런 날강도 같은 놈을 봤나."

진심으로 분한 것처럼 하관철은 툴툴거리며 불만을 표했다.

"도대체 무슨 말을 하는지 모르겠군."

"됐다. 됐어. 네가 문어발을 뻗칠 성격도 아니고, 그저 사매를 울리지만 마라."

"……."

하관철은 자리에서 일어났다.

"날도 어두워졌으니 이만 들어가 보마. 그러고 보니 너희 아버지께 인사도 드리지 않았군. 이거 섭섭해하시겠는데."

그는 내일 다시 보자 손을 흔들고는 방을 떠났다.

서예소 또한 무언가 더 할 말이 있어 보였지만 우물쭈물하다 결국 말을 꺼내지는 못한 채 하관철의 뒤를 따라갔다.

"흐음……."

두 사람이 남은 방에서 백화연은 무척이나 흥미로운 표정으로 목유현을 바라보았다.

"서 소저라고 했던가? 내가 듣기로는 사천무림에서는 그 이름을 모르는 이가 없다고 하더군."

“그런가?”

“뛰어난 검술 실력과 청성이라는 명문, 거기에 빼어난 용모까지 세 가지를 모두 갖춘 여성이지 않은가? 유명할 수밖에 없지. 그런데 말이야…….”

“음?”

문득 말을 끄는 백화연의 모습에 목유현은 의문을 표했다.

“내가 볼 때는 서 소저가 자네에게 관심이 있는 것처럼 보이던데 말이야.”

“…응?”

무슨 말을 하느냐는 목유현의 표정에 그녀는 자신도 모르게 한숨을 내쉬었다.

“아니, 농담일세. 신경 쓰지 마시게나.”

백화연은 목유현과 가까이하며 깨달은 것이 있었다. 목유현은 사람과의 관계에 대해 무척이나 둔했다. 굳이 이성관계에 한정하지 않더라도 대부분의 관계에 대해 갈피를 잡지 못했다. 무언가 감정을 주고받는 데 있어 어느 한 부분이 마모되거나 결손된 것 같았다. 그런 점이 가끔 목유현을 비인간적이라 느끼게 하는 가장 큰 부분이기도 했다. 이유는 알 수 없었지만 분명 그녀는 그렇게 느끼고 있었다.

그런 그의 성향을 인식하면서도 이런 부분이 답답한 것은 답답한 것이었다.

전날 태도문에 모인 숭무지회의 참가자들의 입에 오르내렸던 화제는 두 가지.

목유현에 대한 악의적인 소문과 청성에서 방문한 두 사람, 아니, 특히 서예소에 대한 이야기였다.

그리고 서예소가 벽월검문에 방문했다는 말이 퍼지며 두 가지의 화제가 궤를 이루자 상승작용을 일으키듯 태도문의 거의 모든 이들이 그 화제로 한 번쯤은 이야기를 나누고 있었다.

벽월검문에 관한 화제는 목유현에 대한 것과도 다름없었으니, 서예소에 대해 호감을 가진 젊은 층은 그에 비례하여 목유현에 대한 적대감을 더욱 키워 나갔다.

그런 이들 중에는 어제 혼이 빠져나갈 듯 서예소를 바라보던 엽초곤 또한 포함되어 있었다.

그는 이를 갈며 목유현과 마주할 숭무지회의 개최가 촌각이라도 빨리 시작되기를 간절히 바라고 있었다.


목유현의 방 안으로 작은 쪽지 하나가 도착한 것은 밤이 깊어질 무렵의 일이었다.

목유현은 쪽지를 열어보지도 않은 채 코웃음을 쳤다.

누가 보냈는지 알고 있었기 때문이었다.

자신의 빌어먹을 정혼녀, 방시연으로부터 날아온 쪽지였다.

목유현은 애써 감정을 조절하며 쪽지에 쓰인 장소로 갔다.

태도문의 한 구석에 마련된 작은 정원에서 방시연이 그를 기다리고 있었다.

자신을 보는 순간 아주 잠깐이지만 방시연의 얼굴에 경멸의 표정이 스쳐 지나가는 것을 목유현은 놓치지 않았다.

단지 미적인 기준만을 놓고 보자면 방시연은 여전히 아름다웠다. 뚜렷한 이목구비와 한 손에 꼭 안길 정도의 잘록한 허리, 그녀를 본 사람이면 백이면 백 시선을 빼앗길 정도의 미녀였다.

하지만 지금의 목유현에게는 아무런 의미조차 없었다. 그녀의 미모에 시선을 빼앗긴 것은 과거의 목유현일 뿐이었다.

"오셨어요."

방시연은 목유현을 보고는 가볍게 고개를 숙였다.

목유현은 분노를 가라앉혔다. 그녀를 보고 목소리를 들으니 지독한 경멸과 함께 살의라는 붉은 감정이 샘솟아 오르는 것이 느껴졌다. 목유현은 살짝 고개를 저어 그 감정들을 떨쳐 내었다.

"네. 오랜만이네요."

목유현도 애써 과거의 기억을 떠올리며 과거의 그를 연기했다.

"오랫동안 연락이 없으셔서 많이 걱정했어요."

방시연은 과거 목유현이 착각하던 지극히 현숙하고도 사

려 깊은 여인의 상을 다시금 연기하고 있었다.

'큭큭.'

지금이라도 웃음이 쏟아지려는 것을 겨우 참아냈다.

이렇게 어이없이 가면을 벗을 생각은 없었다.

'정말 웃기는군.'

서로가 서로를 속이기 위한 연기를 하고 있었다.

차이가 있다면 목유현은 그녀의 가면을 알고 있는 것에 반
해 방시연은 목유현의 가면을 눈치채지 못하고 있다는 것이
었다.

"이곳에는 어쩐 일로 오셨죠?"

목유현의 물음에 방시연은 촉촉한 눈길을 마주하며 답했
다.

"숭무지회에 참가하신다는 말을 들었어요. 그래서 무언가
승리를 기원하는 부적이라도 드리고 싶어서."

방시연은 품속에서 작은 상자를 꺼냈다.

그리고는 목유현에게 건넸다.

열지 않아도 안에 무엇이 들었는지는 뻔하게 알고 있었다.

상자 안에는 자그마한 단도가 갈무리되어 있었다.

단도 자체로도 매우 이름 난 명공이 만든 것으로 부르는 것
이 값인 명품이었다.

누가 보아도 정혼자를 걱정하는 아름다운 여인의 모습으
로밖에 보이지 않았다.

하지만 목유현은 단도가 가지는 또 다른 의미 또한 아주 잘 알고 있었다.

"이건 무엇이죠?"

그럼에도 시치미를 떼는 것은 쓰고 있는 가면에 대해 충실히 연기를 하기 위함이었다.

"서역에서 들여온 단도로, 그 단도를 지니고 있으면 악운을 쫓고 행운을 가져다준다고 해요."

"아⋯⋯."

가면이 취해야 될 역할에 따라 목유현은 감격에 어린 표정을 연기했다.

"고마워요, 방 소저."

"뭘요. 당연한 일인 걸요. 목 소협."

"네."

"저도 오늘 일을 들었어요. 그 무례한 사람에게 지지 마세요. 꼭 이기셔야 해요. 제가 응원할게요."

그녀는 목유현을 향해 활짝 미소를 지었다.

"네. 방 소저께 맹세코 결코 지지 않을게요."

목유현은 마치 감동이라도 받은 듯 멍한 얼굴로 끄덕였다.

"그럼 목 소협의 선전을 기대할게요."

"네."

그렇게 두 사람은 끝까지 가면을 벗지 않은 채 서로를 기만하고 또 기만했다.

멀어져 가는 목유현을 보며 방시연은 가면을 벗어던졌다.

방금까지 짓고 있던 거짓 미소가 아닌 본래의 그녀의 표정에서 가장 두드러지는 것은 경멸이었다.

오른뺨이 유난히도 떨리는 것은 그만큼 목유현에 대한 경멸의 골이 깊다는 것의 반증이기도 했다.

"흥. 자신의 능력조차 제대로 알지 못하는 주제에."

스스로의 능력에 대한 자신과 확신이 없는 이는 아주 작은 바람을 불어넣는 것만으로도 주제를 잃어버리고 과욕을 부리곤 했다. 그리고 언제나 세상의 이치는 잔인할 정도로 분명해 과욕의 대가는 참혹할 정도로 컸다.

"어리석은 이가 어리석음의 대가를 치르는 것 또한 세상의 이치겠죠."

방시연은 살며시 조소했다.

그녀의 어리석은 정혼자 또한 그런 세상의 이치를 체험하게 될 것을 상상하며.


다음날.

하관철과 서예소는 다시 목유현을 찾아왔다.

서예소를 보기 위해 찾아온 이들은 그녀와 함께 하고 있는 목유현을 보고는 꼬리를 세운 맹수 마냥 적대감을 잔뜩 표출하곤 했다.

어제와는 달리 하관철은 깍지 낀 양손을 머리에 대고 방관할 뿐, 주로 앞에 나서 대화를 주도하는 것은 서예소였다.

"이맘때의 청성산은 무척이나 아름다워요. 초가을의 단풍은 이미 지고 없지만, 겨울을 준비하는 숲의 향은 그 나름대로 무척이나 근사해요."

"그렇군."

"나중에 꼭 청성으로 방문해 주세요. 대사형도 목 소협이 찾아오면 많이 기뻐할 거예요."

"그럼그럼."

하관철이 맞장구쳤다.

"그러고 보니, 소하는 잘 지내고 있냐?"

"그래."

"소하라면……."

"아, 저 녀석의 여동생이야. 예전 어릴 때 보고 못 봤는데 그때도 똘망똘망한 게 얼마나 귀여웠다고, 지금쯤이면 훨씬 더 귀여워졌겠지?"

"물론."

목유현이 고개를 끄덕였다.

"좋아. 숭무지회가 끝나면 너희 문파에 들러야겠다. 사매는 어때?"

"네, 저도 갈게요."

서예소는 당연하다는 듯 곧바로 긍정의 표시를 취했다.

"그나저나 아무리 봐도 썩 분위기가 좋지 않군."

주위를 스윽 둘러보던 하관철은 목유현을 향한 적대적인 분위기에 혀를 찼다.

"정확한 연유야 알 수 없겠지만, 단순히 널 노리는 것 같지는 않아 보이는군."

과연 구대문파의 장문제자라고나 할까. 그는 아주 약간의 단서들만으로도 사건의 흐름을 어느 정도 읽어내고 있었다.

"비슷해."

"복잡하군."

역시 이런 건 내 전공이 아니야, 라고 말하며 그는 어깨를 쭈욱 올리며 기지개를 켰다.

"알아서 하라고. 필요한 게 있다면 언제든 이야기하고."

"그래."

그렇게 하루 나절을 하관철과 함께, 그리고 그의 옆에 붙어 있던 서예소와 함께 하는 모습에 백화연은 다소 뿔난 얼굴로 목유현에게 툴툴거렸으나 목유현은 영문을 알 수 없다는 얼굴로 그저 고개를 갸웃거릴 뿐이었다.

*　　　*　　　*

태도문의 대연무장, 강서성 남부에선 가장 큰 세를 떨치는 문파답게 대연무장은 몇백의 인원이 한꺼번에 들어가도 무리가 없을 만큼 커다란 규모를 자랑하고 있었다.

　그랬기에 적당한 의자와 단상 등 임시관람시설의 증축만으로도 이천 명이 넘는 사람들이 승무지회를 관람하는 데에 아무런 지장이 없었다.

　이름 난 문파의 무인들과 명성을 떨치기 위해 모여든 낭인, 그리고 어딘가의 은거기인에게 무공을 전수받은 무명의 무사들로 태도문의 대연무장은 발 디딜 틈 하나 없이 가득 차 있었다.

　그들에게서 다소 떨어진 곳에 설치된 단상에는 사주의 문주들과 호룡각의 각주가 자리하고 있었다.

　"그럼 오늘 잘 부탁드리겠습니다."

　"뭐, 우리야 별 큰일을 하는 것도 아닌데 수고할 것이 있기야 하겠소?"

　'그렇게 말을 해도, 떨어지는 떡고물이 적으면 판을 뒤집어엎어 버릴지도 모르는 것들이.'

　가식적인 말에 호룡각주 엽상은 목구멍까지 튀어나온 말을 억지로 다시 집어넣었다.

　목현곤은 최상의 단상에는 초청받지 못한 채 작은 차양막이 쳐진 곳에 자리를 잡고 있었다.

　얼마 전까지였다면 이런 불공평한 대우에 욱하여 거센 항의를 했겠지만, 목유현의 성장을 보고 나서는 지금 당장의 평가와 이런 대접이 그다지 의미가 없는 것이라는 생각을 하게 되었다.

해가 뉘엿뉘엿 중천을 향해 나아갈 무렵, 태도문의 문주인 녹종만이 일어나 단상의 가운데로 향했다.

그는 내공을 끌어 올려 허파에 잠시 모았다가 목소리와 함께 일제히 뿜어냈다.

"강서성의 무림 동도들과 온 강호에서 온 동도 여러분, 숭무련의 축제인, 숭무지회를 밝혀주시기 위해 찾아오신 것에 대해 무한한 감사의 인사를 올립니다."

정도의 무공을 사십 년에 가깝게 연마한 만큼 녹종만의 내공은 꽤나 정순한 편이었다.

그리고 정순한 내공의 도움을 받은 그의 목소리는 커다란 대연무장의 구석구석 뻗어가 모두에게 닿고 있었다.

"…대회 개최의 총책임을 맡은 태도문의 문주 녹종만의 이름으로 숭무련의 미래를 밝힐 후기지수들의 경연장인 숭무지회의 개막을 알립니다."

그의 연설이 자화자찬과 기타 잡스러운 이야기들로 빠져 사람들이 저마다 하품을 시작할 무렵에야 지겨운 연설이 막을 내렸다.

사람들의 박수가 이어졌다.

물론 연설에 대한 박수라기보다는 연설이 끝난 것에 대한 박수였다.

숭무지회는 보통 이틀에 걸쳐 이루어졌다.

첫날은 예선전으로 일종의 승자전의 방식을 차용하고 있었다.

저 연무장 위로 올라가 상대를 기다리고, 자원해 올라오는 세 명을 차례로 상대해 모두 승리한 이가 본선에 오르는 방식으로 총 서른두 명의 본선 진출자가 나올 때까지 예선을 진행하는 것이었다.

실력도 실력이지만 운도 상당히 큰 영향을 미치는 방식이었다.

재수가 좋다면 세 명 다 허당을 만나 쉽게 본선에 올라갈 수 있겠지만 처음부터 우승후보가 자원해 올라온다면 아무것도 해보지 못한 채로 예선 탈락의 고배를 마실 수도 있었다.

그렇기에 매년 적당한 시기를 잡기 위한 눈치싸움이 치열하게 벌어지기도 했다.

"처음, 맨 처음 도전자는 어느 분이십니까?"

숭무지회의 사회를 맡은 천언객(千言客) 한소가 가벼운 말을 던지며 사람들의 반응을 살폈다.

하지만 사람들은 하나같이 슬그머니 다른 이들의 눈치만을 살필 뿐, 선뜻 먼저 나서는 이는 보이지 않았다.

"내가 먼저 나서겠소."

가장 먼저 자원한 이는 커다란 검은 창을 맨 사내였다.

묵풍창 아술이라 스스로를 밝힌 그가 단 위에 오르자 곧바로 첫 번째 도전자가 자원하며 앞으로 나왔다.

얄팍해서 나풀거리기까지 하는 연검을 능숙하게 사용하는 무사였다. 비연검 호만이라 하여 강서 서부에서 꽤나 무명을 떨치는 자라 했다.

두 사람의 대결은 꽤나 오래 지속되었으나 결국 장병의 이점을 살린 묵풍창의 승리로 돌아갔다.

두 사람의 실력은 거의 차이가 없었으나 아술 쪽이 무기의 특성이 좀 더 유리했던 것이었다. 도전의 시기를 잘못 잡은 호만의 실책이었다.

묵풍창은 그로부터 두 명의 도전자를 맞아 아슬아슬하면서도 결국은 승리를 따내 첫 번째 본선 진출자라는 영예를 차지했다.


다섯 번째 본선 진출자가 나올 무렵에는 대연무장은 엄청난 열기와 환호성으로 가득 차 있었다.

보기만 해도 절로 혈기가 끓는 무대에 젊은 피들이 요동치는 듯했다.

다음 지원자를 찾는 물음에 손을 들고 앞으로 나선 것은 모영강이었다.

모영강의 첫 번째 도전자는 홀로 검을 연마하던 낭인으로, 그는 이십 수 만에 도전자로부터 항복을 얻어낼 수 있었다.

하지만 두 번째 도전자를 마주한 그의 얼굴은 무척이나 어두웠다. 두 번째는 태도문의 후계자인 녹경호였다.

녹경호의 도에 대한 재능은 상당히 뛰어난 편이었다. 거기에 태도문의 도법인 경태도(景泰刀)와의 상성 또한 좋은 편이었기에 그의 성취는 후기지수 또래에서는 꽤나 높은 편이었다.

만일 모영강이 제대로 된 월파검을 익혔다면 그리 어렵지 않게 승리를 거둘 수 있었겠지만, 그가 익힌 것은 반쪽짜리일 뿐이었다.

모영강은 스스로의 불리함을 너무나도 잘 알고 있었다.

다만 의문이 들었다.

그도 상대를 이기기는 힘들겠지만 녹경호로서도 굳이 자신을 상대할 필요는 없었다.

그보다 쉬운 상대는 훨씬 많았기 때문이었다. 하지만 이미 시작된 승부, 잡상은 나중에 할 일이었다.

"정정당당히 승부를 겨루기 바랍니다. 암기와 독, 기타 비겁한 수를 사용했을 시는 그 자리에서 퇴장을 당할 수 있으니 명심하시기 바랍니다."

한소의 말이 끝남과 동시에 모영강과 녹경호의 신형이 동시에 맞부딪쳤다.


속전속결.

모영강이 택한 것은 월파검의 파괴력을 이용한 초전박살이었다.

강하게 몰아붙여 기선을 뺏고, 그 여세를 몰아 전력의 차이를 영으로 만든다는 전략이었다.

하지만 상대가 택한 전략 또한 동일했다. 그는 초반에 힘을 쏟아 모영강을 가볍게 제압하여 최대한 힘을 아끼려는 생각인 것 같았다.

두 사람의 무기가 쇳소리를 사방에 뿜어내며 마주했다.

서로의 무기를 타고 전해지는 경력에 두 사람은 거울을 마주하듯 동시에 얼굴을 찌푸렸다.

"하앗."

먼저 모영강이 보법을 밟으며 신형을 녹경호의 왼쪽으로 옮겼다.

하지만 녹경호의 도는 마치 그의 움직임을 예측이라도 한 것 마냥 횡으로 무섭게 닥쳐오며 그의 동선을 가로막았다.

"쳇."

모영강은 혀를 차며 발을 뒤로 물렀다.

그가 물러서자 기회라 판단했는지 녹경호의 신형이 바람을 가르며 닥쳐왔다.

땅에 달라붙을 정도로 무게중심을 낮춘 그의 도가 마치 용이 승천하듯 순식간에 상단으로 베어왔다.

경태도의 초식 중 하나인 태룡승천(泰龍昇天)이었다. 순식간에 하단에서 상단을 베어오는 도초에 모영강은 대경하며 검을 아래로 내리그었다.

검과 도가 마주치자 검을 쥔 양손이 만세라도 하듯 튀어 올랐다. 도의 공격을 이겨내지 못한 것이었다. 완전히 뻥 뚫린 가운데를 향해 녹경호가 쇄도했다.

가슴의 다섯 혈을 노리고 닥쳐오는 녹경호의 공격은 폭풍과도 같았다.

보법을 밟아 공격권에서 벗어나려 했지만 모두 도의 사정거리에 있어 불가능했다. 어쩔 수 없이 모영강은 탄력을 받아 쇄도하는 녹경호의 도를 정면에서 마주했다.

"쿨럭."

어떻게든 막아내기는 했으나 하지만 제대로 된 힘을 싣지는 못했기에 내상을 입고 말았다. 모영강은 입가에 고인 선홍빛 피를 퉤 하고 바닥에 내뱉었다.


"하하. 역시 아드님의 도는 날카롭군요."

"과찬입니다."

단상에서 녹종만은 모영강을 연신 밀어붙이고 있는 녹경호의 모습의 뿌듯한지 연신 너털웃음을 터뜨리고 있었다.

"호오, 성취가 보통이 아닌 듯합니다."

"이번에 칠성에 달했다고 하더이다."

"그 나이에 칠성이라면 이거 강서 남부의 신성이 탄생할 수도 있겠구려."

축하의 말을 하면서도 얼굴이 영 편치 않은 것은 세 문파가 서로를 견제하는 위치에 있어서일 것이다.

"그러고 보니, 엽 각주."

"무슨 일이십니까?"

"준비는 잘되어가고 있소?"

"물론입니다."

"이미 저희 소각주에게 지시하여 밑 준비를 모두 끝내놓았습니다."

"오오… 듣던 중 반가운 소리로군."

"여러분께서는 그저 단 한 번 여론을 잡아주시기만 하면 됩니다."

"그럼?"

"부서진 기둥 하나를 서로 나누어 가질 수 있겠지요."

"흐흐."

"흐으."

기분 나쁜 웃음소리가 단상 위를 가득 메웠다.


"언제든지 항복해도 좋습니다만."

사정없이 모영강을 계속 몰아붙인 녹경호는 얼굴을 일그러뜨리며 이죽거렸다. 그에 모영강은 흥분으로 인해 얼굴이 시뻘게졌으나 이내 평정을 되찾았다.

'강한 게 아니다. 절대 강한 게 아니야.'

그는 스스로에게 되뇌었다.

솔직히 그랬다. 자신보다 분명 강하기는 했으나. 얼마 전 보았던 목유현과 뇌천패에 비하면 턱도 없이 모자랐다.

그런 이들에 비교하면 상대의 도 따위 달밤의 춤사위에도 미치지 못할 정도였다.

그렇게 생각하니 상대에게 느꼈던 두려움이 사라지는 것 같았다.

"핫!!"

기선을 충분히 제압했다 여겼는지 쉴 틈조차 주지 않은 채로 녹경호의 도가 다시 들이닥쳤다.

좌상단, 우상단, 우하단, 좌하단.

네 개의 사선으로 적의 동선과 공격을 제약하고 압박하며 몰아붙이는 경태도의 절기 사상압도(四象壓刀)가 펼쳐졌다.

모영강의 눈에 피할 수 있는 길은 조금도 보이지 않았다.

하지만 그는 피할 생각이 없었다.

뇌천패의 공격을 마주하는 목유현은 미꾸라지처럼 요리조리 피하는 대신 다른 것을 선택했다. 바로 공격을 향해 오히려 한 발을 더 내딛는 것이었다.

망설임을 배제한 한 발은 적의 허를 찌름과 동시에 더욱 강력한 검초를 펼치게 하는 토대가 되는 것이었다.

물론 망설임이 섞여 있다면 그것은 훌륭한 자살행위가 된다.

하지만 모영강의 발에는 망설임의 흔적은 보이지 않았다.

이미 한 차원 높은 전투를 목격한 그였다. 두려움을 가질 필요는 조금도 없었다.

모영강은 그렇게 네 개의 사선을 향해 오른발 한 발을 더 내디뎠다. 그 한 발로 완벽히 사방을 압박하던 초식의 연계가 무너졌다.

“말… 말도 안 돼.”

“그러게 말이야. 정말 말도 안 되지.”

“도대체 어떻게?”

“…흥.”

모영강은 이런 한 발을 끊임없이 내딛던 자신의 사제, 목유현의 모습을 떠올리며 쓴웃음을 지었다.

“이걸로 끝이다.”

그의 검이 도초의 사이를 뚫고 멈추어 섰다.

검이 멈추어 선 곳은 녹경호의 목 바로 옆이었다.

“승자는 벽월검문의 모영강 소협입니다.”

놀라운 승부의 결말에 사람들의 반응은 뜨겁기 그지없었다.


“제기랄!!”

녹종만은 마시던 술잔을 그대로 단상 벽에 집어 던져 버렸다. 벽월검문의 기를 꺾고 후에 좀 더 많은 지분을 차지하기 위해 일부러 그의 아들을 모영강의 상대로 올린 것이었다.

　물론 녹경호가 진다는 것은 조금도 상상하지 못했다. 모영강의 실력은 잘 알려진 편이었고, 그 실력은 분명 녹경호에 비해 한 수 아래였다.

　하지만 결과는 달랐다. 수세에 몰리던 모영강의 일보가 아주 적절히 녹경호의 압박을 해소하고, 오히려 역공의 단초가 되어 상황은 순식간에 모영강의 승리로 끝나고 말았다.

　그런 말도 안 되는 일 때문에 우승후보로 꼽히던 녹경호가 예선을 탈락하는 일이 벌어졌고, 녹경호에게 지시를 내렸던 녹종만은 슬며시 쏟아지는 사람들의 비웃음에 연신 신경질적인 반응을 보였다.

　"아이고, 이거 아쉽게 됐군요."

　"그러게 말입니다."

　겉으로 보기에는 위로하는 듯 보였지만 속으로는 아주 고소하다는 듯 웃고 있을 그들을 생각하니 녹종만은 절로 속이 터져 나갈 것 같았다.

　"걱정 마십시오, 곧 이쪽의 차례가 오니까요."

　엽상이 다가와 그를 위로했지만 여전히 더러운 기분은 풀리지 않았다.


　"사형, 잘하셨습니다."

　결국 본선 진출을 확정하고 돌아오는 자신을 맞이하는 목유현의 말에 모영강은 물끄러미 그를 바라보았다.

그리고는 가볍게 고개를 숙였다.

"고맙다."

"……"

다소 의외였는지 목유현의 눈이 이채를 띠었다.

"네 덕분에 나는 내 자신이 쓸데없는 망집에 싸여 있음을 알게 되었다. 정중지와라는 것이 바로 나의 이야기인지도 모르고 있었지. 그것을 네가 알려주었다."

그는 무언가 작은 깨달음을 얻었는지 지극히 맑은 눈동자로 목유현을 마주 보았다.

목유현 또한 가볍게 미소를 지으며 그 시선과 마주했다.


이윽고 연무장 위로 올라간 이는 육 척 오 촌의 거한, 엽초곤이었다.

엽초곤이 나오자 사람들의 시선에서는 기이한 열기가 쏟아졌다.

그들은 숭무지회 전 떠돌던 소문을 잘 알고 있었다.

엽초곤과 목유현이 개인적인 문제로 마찰이 있었고, 그것을 숭무지회를 통해 풀기로 했다는 소문이었다.

생각만 해도 웃음이 나오는 일이었다.

삼류에도 미치지 못하는 목유현의 무능은 강서성에선 꽤나 유명한 일이었다.

거기에 비해 엽초곤은 건장한 체격에 걸맞은 상당한 무재와 근골의 소유자였다.

거기다 오성까지 나쁘지 않아 호룡각의 절기인 호조쌍룡(虎爪雙龍脚)을 연마해 강서의 후기지수들 중에서는 그 강함이 손에 꼽힐 정도였다.

초식 동물과 맹수의 싸움.

사람들의 뇌리에 공통적으로 떠올린 모습이었다.

만일 목유현이 이 싸움을 피하지 않는다면 그들이 상상하는 결과 또한 같았다.

일방적인 폭력. 서로의 힘이 이렇게 차이가 나는 상황에서 가능한 상황은 단 하나, 한쪽의 폭력이 한쪽을 압도하는 아주 구경하기 즐거운 상황이었다.

사람들의 기대를 엽초곤은 배반하지 않았다.

그는 크게 숨을 들이켜고는 고함을 내질렀다.

"설마 피하지는 않겠지?"

사람들의 웅성거림이 더욱 커졌다.

그들의 시선은 희생자가 될 목유현을 찾고 있었다.

그런 시선이 한 점으로 모였다.

그곳에는 무표정한 얼굴로 연무장 위를 바라보고 있는 목유현이 있었다.

"응해라!"

"응해라!!"

“응해라!!”

“겁먹지 말고 나와라!!”

“남자라면 나와라!!”

바람잡이의 외침은 이내 사람들 공통의 소리가 되어 연무장 위에 울려 퍼졌다.

“흥.”

목유현은 문득 떠오른 과거의 기억에 코웃음을 쳤다.

과거 그는 어설픈 오기와 방시연이 불어넣은 작은 바람, 그리고 이 압도적인 강압에 이기지 못해, 연무장 위에 올라서게 되었다. 아버지의 충고 또한 귀에 들어오지 않았다. 그저 어리석었을 뿐이었다.

그리고 관중들과 무대의 연출자가 바라는 그대로의 모습으로 그들을 만족시키는 한 마리의 광대가 되었다.

하지만 지금은 다르다.

과거의 그처럼 세파에 휩쓸려 그저 춤추라 명하는 대로 춤을 추는 광대가 아니었다.

지금의 그는 무대를 연출하는 이조차 광대로 만들어 버릴 폭군이었다.


목유현은 느긋한 발걸음으로 연무장 위로 올라갔다.

그와 동시에 사람들의 환호성이 극에 달했다.

엽초곤의 시선은 맹수의 그것과 다르지 않았다.

그는 먹음직스러운 먹이를 보는 눈으로 연무장으로 올라
오는 목유현을 바라보고 있었다.

"큭큭. 병신 같은 놈. 정말 올라왔군."

그는 목유현을 향해 입꼬리를 스윽 올리며 한껏 이죽거렸
다.

엽초곤의 눈에 비친 목유현은 그저 맹수의 앞에서 목숨이
끊어지기만을 기다리는 초식동물에 지나지 않았다.

엽초곤은 품을 뒤져 어떤 것의 감촉을 확인했다. 생각했던
촉감을 확인하고는 그는 미소 지었다.

목유현이란 인간을 나락에 떨어뜨리고 벽월검문을 엮어
넣는 계획이 이로써 일보를 내딛은 것이다.

하지만 그는 몰랐다.

눈앞의 목유현이 그가 생각하는 목유현과는 너무나도 다
른, 그래 다른 사람이라고 해도 모자라지 않은 또 하나의 존
재라는 것을.

'자, 이제 앞으로 조금이다.'

목유현은 다시금 가면을 뒤집어썼다. 그와 동시에 그는 과
거의 나약한 목유현의 모습으로 보여지고 있었다.

이제 조금 있으면 벗어던질 가면과의 마지막 연극이었다.

조금 후에는 더 이상 힘을 숨기고, 소중한 이들에게 자신을
속이는 일은 필요없게 된다.

그러기에 앞서 아주 조금만 더, 찰나의 시간 동안만 가면을

쓰고, 과거의 목유현을 연기하면 되는 것이었다.


　사회를 맞은 천언객 한소가 다소 안쓰러운 눈으로 목유현을 바라보았다.
　그의 미래가 너무 뻔하게 머릿속에 그려지는 탓이었다.
　하지만 이미 그조차도 단상에 있는 주최측에 언질을 받아 이 시합을 무조건 진행하도록 회유당해 있었다.
　그는 오른손에 든 깃발을 내려 비무가 시작되었음을 선언했다.
　"헹."
　엽초곤이 커다랗게 코웃음을 치며 다가갔다.
　그 커다란 위압감에 눌린 듯 목유현의 신형이 조금씩 뒷걸음질 치며 물러나고 있었다.
　"큭큭."
　관중석에서는 벌써부터 웃음소리가 흘러나오고 있었다.
　무척이나 즐거운 상상이 이미 머릿속에 그려진 듯했다.
　쇄액.
　느긋하게 다가오던 발걸음이 사라지더니 엽초곤의 신형은 어느새 목유현의 눈앞에 자리하고 있었다.
　목유현이 놀라 뒤로 물러나려 했지만 이미 커다란 양손이 목유현의 멱살을 붙잡고 있었다.
　빠져나가려 몸부림쳤지만 우악스러운 손길에 잡힌 그의

저항은 그물에 걸린 물고기의 발악과도 다름없어 보였다.

퍼억.

엽초곤은 한 손에 멱살을 붙잡은 채로 다른 손으로 목유현을 두들기기 시작했다.

둔탁한 타격음이 연신 사방으로 울려 퍼졌지만 엽초곤의 손은 멈추지 않았다.

목유현은 빠져나가는 것도 발버둥치는 것도 아무것도 할 수 없었다.

그저 엽초곤의 손에서 아등바등 거리는 것이 전부였다.

이것은 절대 비무가 아니었다.

일방적인 폭력의 현장이었다.

"저… 거 말려야 하는 거 아냐?"

"그, 그러게."

흥분으로 가득 찬 관중석 일부에도 너무나도 일방적인 모습에 다소 열기가 식은 사람들도 보였다.

하지만 말려야 할 한소는 그저 고개를 다른 곳으로 슬쩍 돌린 채 외면하고 있을 뿐이었다.

그나마 주먹을 몇 번 더 휘두르니 팔딱대던 목유현의 움직임이 점점 사그라졌다.

목유현의 움직임이 거의 멎었을 때, 엽초곤은 슬쩍 손을 등 뒤로 돌려 숨겨둔 물건을 매만졌다. 그 물건은 둘러싼 천을 빼는 순간 작동하게 되어 있었다.

품속, 정확히는 등 부근에 들어 있는 것은 특수한 지남철이었다.

그리고 둘러싼 천에는 지남철의 자력을 억제하는 특수한 처리가 되어 있었다.

그리고 천을 제거하는 순간, 무언가와 반응해 그것을 끌어들이게 되어 있었다.

엽초곤은 목유현을 주무르며 그의 품속에 든 단검을 적당한 위치에 자리하게 했다.

이제 그가 품속의 천을 제거하는 순간 단검의 끝에 달린 금속과 반응하여 저 단검이 그를 향해 날아오게 되어 있었다.

당연히 지남철은 등 뒤 부근에 자리하니 단검은 엽초곤을 찌르는 모양새가 될 것이었다.

그것은 누가 봐도 목유현이 궁지에 몰리다 암기를 발사한 모양새가 되는 것이었다.

그리고 단검 끝에는 특수한 독약이 발려 있었다. 조금이라도 닿은 사람을 보름간 생사의 경계에서 헤매게 하는 독약이었다. 물론 생사의 경계를 헤맬 뿐 목숨에는 조금의 지장도 없었다.

그럼 목유현은 암기까지 발사한 비겁한 놈에 독약까지 바른 악독한 이가 되는 것이었다.

방시연과 엽상이 짠 계획의 전말은 대충 이랬다.

목유현에게 모욕을 주고, 목유현이 연모하는 방시연으로

부터 바람을 불어넣는 동시에 단검을 소지하게 하고, 사람들로 하여금 압박을 주어 목유현을 무대 위에 세운다.

그리고 지남철을 소지한 엽초곤의 행동으로, 목유현이 궁지에 몰려 비겁하게 독을 바른 기관 형태의 암기를 사용한 것처럼 꾸미는 것이었다.

그 암기에 닿자마자 엽초곤은 혼수상태에 빠지게 되고, 가장 먼저 엽상이 달려와 응급처치를 하며 주요한 증거들을 회수, 그리고 목유현에게 모든 죄를 뒤집어씌우는 것이었다.

그리고 공정한 대회에서 비겁하기 짝이 없는 암수를 사용했다는 여론을 가지고 벽월검문을 압박하고 몰아붙여 결국은 문파전을 유도, 세력을 갉아먹는 것이 엽상의 의도였다.

물론 거기까지 간 마당에 혼약이 유지될 리는 없었다. 그리고 오르지 못할 나무를 넘본 죄를 목유현이 충분히 맛보게 했으니 방시연의 의도 또한 그로써 충분히 만족하게 되는 것이었다.

그렇게 엽초곤의 손이 등 뒤로 돌아가는 순간.

"연극은 여기까지다."

목유현의 분위기가 일변했다.

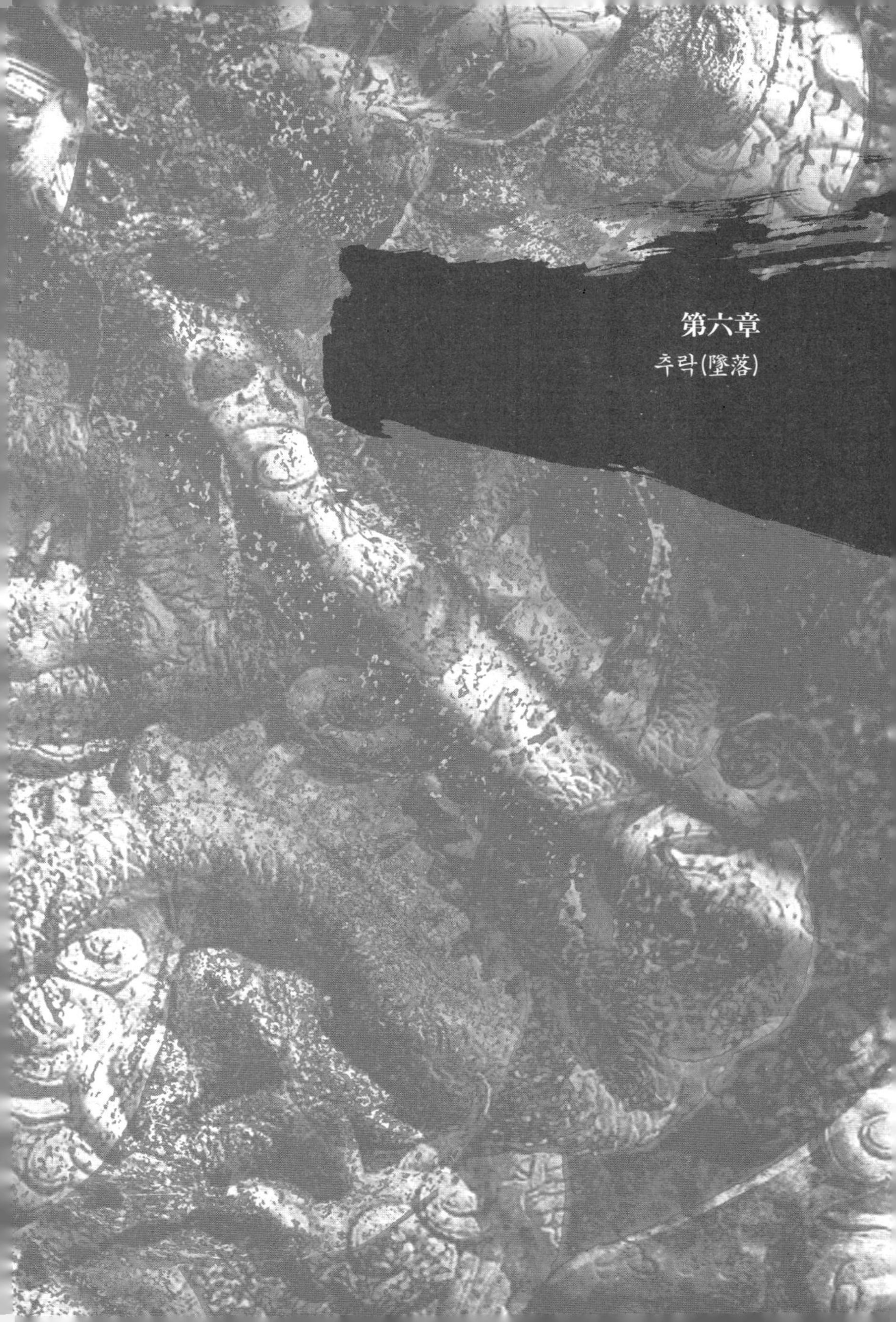

# 第六章

추락(墜落)

엽초곤은 순간 자신이 발을 디디고 있는 곳이 어디인지 알
수가 없었다.

왜냐하면 엄청나게도 싸늘한 기운이 전신을 뒤덮었기 때
문이었다. 말로만 듣던 만년설의 한가운데에 처박혀 버린 것
같은 추위가 전신을 에워싸고 있었다.

목유현의 전신에 마라의 기운이 덮여 나가기 시작했다.

그리고 목유현의 발이 움직였다.

으득.

목유현의 무릎이 엽초곤의 상완에 틀어박혔다.

그와 동시에 혐오스런 소음이 들리더니 뚝 하고 부러진 엽

초곤의 왼팔이 덜렁덜렁 흔들리기 시작했다.

"으악!"

갑자기 뇌수를 파고드는 고통에 엽초곤의 입에서는 엄청난 비명이 튀어나왔다.

'어떻게 된 거지?'

엽초곤은 갑작스레 일어난 상황을 도저히 이해할 수가 없었다.

방금까지만 해도 그는 목유현이라는 보잘것없는 벌레를 짓밟는 중이었다. 자신은 강자였고, 목유현은 벌레만도 못한 약자였다. 그건 진리라고 칭해도 모자라지 않을 만큼 당연한 상황이었다.

하지만 지금 보이는 이 상황은 뭐라 말인가?

그는 어떻게든 머리를 굴려보려 했으나, 부러진 뼈가 덜렁거리며 여기저기 건드려대는 고통은 그 사고를 가로막았다.

그는 어떻게든 갑작스런 고통으로부터 멀어지려 뒷걸음질쳤으나 이미 퇴로는 목유현의 손에 의해 막혀 있었다.

"어딜 도망가시나?"

목유현의 오른발이 그의 무릎을 가격했다.

"크악!"

고통 어린 엽초곤의 비명에 아랑곳하지 않고 목유현은 팔을 뻗어 엽초곤의 다른 팔도 부러뜨려 버렸다.

양팔을 덜렁거리며 고통에 어쩔 줄 몰라 하는 엽초곤의 모습은 영락없이 광대와 같아 보였다.

"사… 살려줘!!!"

"시끄럽군."

목유현이 중얼거림과 동시에 그의 주먹이 엽초곤의 명치, 횡격막의 중심에 격중했다.

"헉!"

숨이 순식간에 빠지는 소리와 함께 호흡조차 제대로 이어지지 않은 그는 그대로 양 무릎을 꿇고 주저앉아 버렸다.

당연히 호흡이 이어지지 않는 그가 소리를 지를 수 있을 리는 없었다.

사람들은 상정 외의 사태에 아무도 입을 열지 못했다. 침묵만이 가득한 연무장에 움직이는 것은 오로지 한 명, 목유현뿐이었다.

퍽.

무릎 꿇고 주저앉은 엽초곤의 머리에 발 하나가 올라오더니 그대로 땅바닥에 그의 머리를 처박아 버렸다.

엽초곤의 머리는 무쇠만큼이나 튼튼했는지, 오히려 연무장의 바닥이 깨져 버렸다. 물론 그의 머리에도 줄줄 피가 흐르고는 있었다.


"승자… 벽월검문의 목유현 소협입니다."

천언객 한소가 침묵에서 깨어나 목유현의 승리를 선언했다.

하지만 환호 대신 연무장을 지배하는 것은 침묵뿐이었다.

호룡각주 엽상이 놀라 단상에서 연무장으로 뛰어올랐다.

엽상은 얼굴이 땅속에 처박힌 엽초곤의 머리를 조심스레 꺼내 들고는 상태를 확인하였다.

미약하나마 숨은 내쉬고 있었다. 하지만 상태가 썩 좋지 않아 보였다. 빠른 조처가 필요했다.

의원들이 뛰어와 엽초곤을 들것에 실어 가버렸다.

엽상은 멀어져 가는 아들의 모습을 바라보다 시선을 돌려 목유현을 노려보았다.

표독스러운 그의 시선에는 살기가 진득하게 녹아나 있었다.

사람들은 침을 꿀꺽 삼키며 상황을 보고 있을 뿐, 누구 하나 끼어들지 않았다.

"손속이 너무 잔인하군."

"쿡."

엽상의 말에 목유현은 곧바로 코웃음을 쳤다.

"강호에는 지켜야 할 도의가 있고, 예의가 있네. 하지만 자네는 무엇 하나 가지지 못한 것으로 보이는군."

목유현은 슬쩍 속으로 웃음을 지었다.

엽초곤을 죽치면서 그는 가만히 뇌둘 생각은 없었다. 엽상도 그가 정한 먹이 중 하나였다. 그리고 마침 저쪽 또한 비슷한 것을 생각하고 있는 것 같았다.

엽상 또한 핑계를 잡아—도의를 가르쳐 준다, 선배의 도를 가르쳐 준다—목유현에게 덤벼들 생각이었다.

그렇다면 대처는 아주 간단했다.

"……."

목유현은 아무에게도 들리지 않게 입을 달싹였다.

그 달싹임은 정면으로 마주하고 있는 엽상을 제외하고는 아무도 제대로 인식하지 못했다.

[개소리하지 말고 덤비고 싶으면 덤벼.]

'빌어먹을 녀석.'

목유현은 명백히 그를 도발하고 있었다.

하지만 엽상은 그 의도대로 섣불리 뛰어들지 않았다. 그는 오랫동안 강호라는 약육강식의 세상에서 살아남은 노장이었다. 지금 목유현에게 손을 대려면 조금 더 명분이 필요했다.

목유현은 구겨진 종이마냥 인상을 쓸 뿐, 덤벼들지는 않는 엽상의 모습을 보며 입가를 비틀었다.

엽상은 목유현을 노려보면서도 주변의 눈치를 보고 있었다. 사람들의 반응을 살피는 것이다.

만약 주변의 반응이 썩 좋지 않다면 그는 이 자리에서 그저 물러날 수도 있었다.

하지만 그런 상황을 목유현은 원치 않았다.

[무대가 필요하면 내가 만들어주지.]

"가르칠 것이 있다면 지금으로 부탁하지. 그나마 한가한 것은 지금밖에 없어서 말이야."

목유현은 관중석에 모두 다 닿도록 일부로 소리 높여 말했다.

"존장에 대한 예우도 지키지 않다니. 네놈이 드디어 실성을 했구나."

엽상은 스스로에게 명분을 만들어주는 목유현의 행태에 미소를 머금었다.

"건방진 후배에게 존장에 대한 도의를 가르쳐 주는 것 또한 선배의 몫이지. 내 손속이 심하다 탓하지 마라. 다 네가 자초한 것이니."

엽상이 대로하며 목유현에게 뛰어들었다.

"하앗! 초룡쌍격(超龍雙擊)!"

엄청난 기합 소리와 함께 엽상의 양 주먹이 대기를 가르며 닥쳐왔다.

하지만 목유현은 가볍게 한 발을 내딛어 오히려 그의 왼쪽 허리춤으로 돌아가 버렸다.

하지만 그것을 예상했던 것인지 엽상은 왼 팔꿈치를 뻗어 목유현의 얼굴을 노렸다.

목유현은 싱긋 미소를 지으며 신형을 움직였다.

순속의 신법으로 마치 엿가락이 늘어지듯 그의 신형이 엽상의 바로 앞에 가 닿았다.

"뭐?!"

전혀 인식도 하지 못한 사이 다가온 목유현의 모습에 깜짝 놀라 경악하는 그에게 목유현은 작은 선물 하나를 선사했다.

"빙파(氷破)."

마라의 기운이 전방으로 폭발함과 동시에 날카로운 기운의 덩어리들이 엽상을 향해 터져 나갔다.

한 치 앞에서 펴부은 빙파의 칼날들. 엽상이 피해낼 수 있을 리가 없었다.

그는 빙파의 칼날에 난도질된 채로 그대로 쓰러져 버렸다.

사람들은 또다시 침묵에 빠졌다.

강서성 남부에서 꽤나 손꼽히는 고수라 불리는 호룡각주 엽상이 별다른 저항조차 하지 못하고 순식간에 제압되어 버렸다.

이 자리에 있는 어느 누구도 그런 무위를 가진 이가 없었다. 엽상과의 싸움에서 이길 자신은 있어도, 그를 저렇게 순식간에, 그리고 압도적으로 제압할 수 있는 능력을 가진 이는, 없었다.

목유현의 시선이 돌아 단상의 한 부분으로 향했다.

흠칫.

극지의 얼음보다도 차가운 그의 시선을 마주한 이는 단상에서 모든 광경을 관람하고 있던 방시연이었다.

그녀는 목유현의 시선을 마주하는 순간 나체로 한겨울의 바다 속에 빠진 것과 같은 착각에 빠졌다.

전신의 몸이 떨려왔다.

'도대체 무엇이 어떻게 된 거지?'

방시연은 눈을 믿을 수가 없었다.

모든 것이 계획대로 되고 있었는데, 계획이 이루어지기 일보 직전에서 갑자기 모든 것이 틀어져 버렸다.

아무 말 없이 그녀를 응시하는 목유현의 눈에 그녀는 끝없는 공포를 느끼고 있었다.

목유현의 입이 달싹였다.

[너는 굳이 내가 손을 댈 필요도 없어. 너의 미래는 예전부터 확정되어 있었으니까.]

"응?"

갑자기 그녀의 귀에 들린 목유현의 목소리는 무언가 형언하기 힘든 불길함을 담고 있었다.

그때, 방시연의 등 뒤에서 누군가 나타나 그녀에게 서한 하나를 건넸다.

서한을 펼쳐 본 그녀는 백지장처럼 얼굴이 새하얗게 질리고 말았다.

결국 신용을 저버리고 말았구나. 신용을 버린 이는 모연상단의 사람이 아니고, 내 자식 또한 아니다. 너에게 준 모든 것을 모연상단주의 이름으로 박탈한다.


서한을 건네준 이는 방시연의 몸을 뒤져 돈이 될 만한 모든 것을 회수하더니 이내 사라져 버렸다.

방시연은 털썩 주저앉고 말았다.

"하……."

헛웃음을 짓는 방시연의 머릿속으로 방도완이 했던 마지막 말만이 유독 떠올랐다.


"가훈을 잊지 말거라. 신용을 저버리는 자는 모연상단의 사람이 아니다."


과거에 목유현이 방시연의 계획에 완전히 당했을 때도 그녀가 맞이한 결말은 똑같았다.

모연상단주 방도완은 정말 무서운 사람이었다.

혹자는 그가 다소 고지식하게 신용에 매달리는 낡은 상인이라 폄하하는 사람이 있었지만 목유현이 아는 방도완은 정말 무서운 사람이었다.

그는 상단을 운영하는 데 있어 가장 효율적인 것을 추구하고 모든 것을 상단에 맞추어 사고하는 사람이었다.

방시연을 내친 것조차 무시무시할 정도로 정확하고도 냉정한 판단이었다.

그녀는 이 계획을 짜면서 여러 가지로 자신은 인식하지 못하는 오점을 남겼다.

그것이 결국 상단을 위협하는 독이 될 것임이 분명했기에 방도완은 친딸조차도 내버린 것이었다.

방시연이 모든 것을 계획하고 있을 무렵부터 이미 방도완은 음모의 전말을 파악하고 있었다. 그녀는 그것도 모른 채로 마음껏 날뛰고는 결국 파국을 맞이한 것이었다.

목유현이 기억하는 방시연은 결국 홍등가의 기녀로 몸을 팔다 병을 얻어 죽고 말았다.

굳이 그런 그녀의 미래에 손을 댈 마음은 없었다.

그녀가 받아야 할 벌로 모자라지 않으니 말이다.


하관철이 청성의 이름을 마음껏 사용하여 뒷수습을 해준 덕분에 숭무지회는 중단되지 않았다.

애초에 엽초곤과의 일은 비무 도중 일어난 일이었다.

그리고 그전에 그가 목유현에게 했던 일도 있었기에 별다른 말이 나오지 않았다.

하지만 엽상과의 일은 목유현에게도 책이 있었다.

누가 봐도 목유현에 대한 엽상의 분노는 그럴듯한 것이었다. 분명 목유현은 무례하게 그를 대했다. 그가 선택한 명분,

무례한 후배에게 선배에 대한 도를 가르쳐 준다는 명분은 실로 합당한 것이었다.

그러나 아무도 목유현에게 뭐라 하는 이들은 없었다.

눈앞에서 보인 목유현의 신위라는 엄청난 사건 앞에 그에 대한 논란은 마치 전력질주하는 마차 앞에 놓인 돌멩이처럼 날아가 버렸다.

무림의 세계란 이래저래 말이 많이 붙는 경우가 있다 한들 가장 중요한 것은 힘이었고, 목유현은 사람들이 아무런 이견도 내지 못할 만큼의 힘을 가지고 있었다.

그리고 호룡각에서 먼저 벽월검문에게 시비를 걸었다는 것은 대부분은 알고 있었기에 결국 별다른 문제 없이 넘어가게 되었다.

그리고 숭무지회는 결국 규격 외의 힘을 휘두르는 목유현이 도전자를 모두 때려 눕혀 우승을 차지해 버렸다.

대진표에 있던 대진자 중 모영강은 아주 현명하게도 기권을 택해 목유현을 상대하는 봉변을 면할 수 있었다.


호룡각의 계책에 편승해 벽월검문의 노른자위 땅을 갉아 먹으려 했던 사주의 세 문파는 합죽이처럼 입을 다문 채 상석을 목현곤에게 양보했다.

목유현의 무시무시한 무위와 더러운 성깔을 확인한 마당에 괜한 불씨를 더할 마음은 조금도 없었다.

하지만 태도문에 모인 어떤 사람도 벽월검문과 나머지 세 문파를 동격으로 두지 않았다.

하루 전만 해도 벽월검문의 격이 한참이나 모자라다는 판단이었다면 지금은 정반대였다.

어느 누구도 벽월검문을 사주 중 하나로 생각하기보단 숭무련제일의 문파로 생각하지 않는 사람이 없었다.

결국 이번 숭무지회는 벽월검문을 중심으로 하는 숭무련의 재편이라는 결과를 남기고는 막을 내렸다.

목유현이 머무는 숙소에는 많은 문파들이 늦게나마 바치는 선물로 가득 차 있었다.

덤으로 목유현은 그럴싸할 별호를 하나 얻게 되었다.

광폭패룡(狂暴覇龍).

무척이나 험악하기 짝이 없는 별호였지만 목유현은 혈마만 아니라면 어떤 것조차 상관이 없었기에 그럭저럭 만족하는 듯한 분위기였다.


돌아가는 길, 일행의 발걸음은 무척이나 가벼웠다.

그 원인은 단연 목유현이 저지른 일 덕분이었다.

일행 중 가장 놀란 것은 반월대의 무사들이었다.

목유현의 무위에 대해 전혀 눈치채지 못하고 대놓고 그의 험담을 늘어놓았던 만큼 슬쩍 그의 눈치를 보는 모습이 꽤 자주 눈에 띄었다.

이미 그런 일을 미리 겪어본 모영강은 그냥 평소처럼 대하라고 조언했으나 광폭패룡이라는 무지막지한 별호에 걸맞게 날뛰는 목유현의 모습을 본 그들로서는 좀처럼 입이 떨어지지가 않았다.

그리고 목유현의 좌우로는 백화연과 서예소가 서로 그에게 끊임없이 대화를 걸고 있었다.

무언가 절로 정신 산만해지는 행태에 목유현은 한숨을 내쉬었지만 서로 경쟁하듯 계속 말을 거는 두 사람 덕분에 목유현의 한숨만 더욱 깊어져 갔다.

그리고 하관철은 그런 목유현의 모습이 우스운지 커다란 웃음보를 터뜨리다 목유현에게 보복의 응징을 당하기도 했다.


일행이 무언가 이변을 감지한 것은 관도에서 숲으로 들어서는 길목에서였다.

"누구냐?"

무언가 적의를 눈치챈 목유현이 스산한 목소리로 물었다.

"역시 광폭패룡이군."

모습을 드러낸 것은 전혀 낯선 얼굴이었다.

"누구지?"

칠 척에 달하는 거구의 남자는 우락부락한 근육으로 전신을 가득 채우고 있었다.

마치 근육으로 이루어진 새로운 인종을 보는 듯한 착각이 들 정도로 그의 근육은 생동감이 넘치고 있었다.

"나는 호룡각의 부각주인 양소군이다."

"호룡각이라⋯, 그래서?"

목유현은 익숙한 문파의 이름에 고개를 비틀며 눈을 내리깔았다.

절로 스산함을 풍기는 그의 모습에 양소군은 오한이 드는 듯 살짝 몸을 떨었다.

"볼일이야, 당연히 복수다."

각의 각주와 소각주가 당했으니 복수를 천명하는 것도 그리 낯선 일은 아니었다.

물론 야예 사파의 계열이라면 복수를 외치는 것보다 문파가 뒤집어지는 것이 먼저였겠지만, 호룡각은 그래도 부하들에게 충성을 잃지 않는 문파였다.

"그거, 듣던 중 반가운 소리로군. 나도 마침 좀 처분이 모자라다고 생각하고 있었거든."

"잠깐!"

목유현이 움직일 듯 보이자 양소군은 손을 들어 소리를 내지르며 그를 제지했다.

"섣불리 움직이지 않는 것이 좋을걸?"

"흠?"

"내가 아무런 대비책도 없이 이곳에 나타났을 것 같으냐?"

"뭐 부하들을 끌고 왔겠지. 아니면 끽해봐야 원군이나 다른 문파에서 데리고 오든가."

대부분 맞는 말이었기에 양소군은 뜨끔함을 느끼면서도 아직 지적하지 않은 부분을 당당하게 목유현에게 고했다.

"흥. 각주와 소각주가 네놈 손에 당하는 순간, 우리 문파의 정예를 미리 벽월검문에 보내놓았다. 그리고 너희 문파의 병력들이 다른 곳으로 지원 갔다는 첩보 또한 입수한 상태이다. 아마 무주공산이 된 벽월검문을 호룡각의 정예들이 장악한 상태일 것이다. 섣불리 군다면 그들이 어떻게 나올지 나조차도 모른다. 그러니 얌전히 협상에 응하는 것이 좋을 것이다."

그의 말에 목진현과 목현곤, 반월대의 이들의 얼굴이 딱딱하게 굳었으나 목유현만은 그리 심각해 보이지 않았다.

"흠, 하나만 물어보지? 대충 몇 명 정도 보냈지?"

"백 명이다."

실제로 파견한 것은 칠십 정도였지만 그는 다소 수를 부풀려 허풍을 쳤다.

"뭐 그럼 별일 없겠군."

목유현은 목을 꺾으며 양소군에게 다가갔다.

"네 동생도 문파에 남아 있다 들었다. 그 목숨이 아깝지 않으냐?"

“백 명이라. 너무 적잖아.”

“제길. 삐익.”

양소군의 신호에 따라 호룡각의 무사들이 양 수풀을 헤치고 나타났다.

“고작 네놈들로 그 무식한 덩치를 상대하려면 적어도 오백 명은 되어야지.”

*　　　*　　　*

뇌천패는 무척이나 지루한지 연신 하품을 내지르고 있었다.

“저기 차라도 드시지 않겠어요?”

연신 하품을 하는 그가 신경 쓰였는지 목소하가 차를 권했다.

“으응. 고맙다.”

뇌천패는 찻잔을 받아서는 그대로 들이켜 버렸다.

막 우려낸 찻물이라 무척이나 뜨거웠지만 그런 것쯤은 아무래도 상관없다는 표정이었다.

“흠, 이거 꽤나 먹을 만한데. 한 잔 더 주지 않겠냐?”

“네, 얼마든지요. 제가 직접 기르는 애들이에요.”

“호오, 꽤나 손재주가 있나 보군.”

뇌천패는 목소하의 차가 꽤나 마음에 드는지 하품 대신 연신 차를 들이켰다.

"그나저나 네 오빠는 언제 돌아온다냐?"

"아마 이틀 전쯤 숭무지회가 끝났을 터이니 이제 사흘이면 도착할 거예요."

"그렇군."

뇌천패는 다소 지루한 얼굴로 뒤통수를 긁었다.

그나마 다행인 것은 말이라도 통하는 목소하가 있어 미칠 듯이 답답하거나 지루하지는 않다는 것이었다.

게다가 이것저것 챙겨주는 그녀와 있다 보니 꽤나 편하기도 했다.

"오라버니와는 어떻게 만나셨나요?"

문득 목소하는 궁금했던 점을 물어보았다. 뇌천패와는 그다지 대화할 기회가 적었기에 많은 부분을 모르고 있었다.

"싸우다가 만났지."

"네?"

의외의 답에 목소하는 고개를 갸웃거렸다.

"너무 지루해서 말라 죽을 뻔했는데, 마침 네 오라비가 나타나 신명나게 나와 놀아주지 않겠니? 그래서 나도 달라붙기로 결심했지. 그런 놈은 좀처럼 만나기가 힘들거든."

뇌천패는 다소 알아먹기 힘든 이야기를 늘어놓았다.

목소하는 알아듣지 못하는 것들은 되묻기도 하고, 모르는 것은 더 물어가며 그와 대화를 해나갔다.


　그때 벽월검문의 주변에서는 하나같이 험악한 인상의 거한들이 하나둘 모여들고 있었다. 그들의 수효는 칠십에 가까웠다.
　그들은 호룡각의 무사들이자 호룡각제일의 타격대인 명호대의 대원들이었다.
　그들은 부각주 양소군의 명을 받아 숭무지회 도중부터 쉬지 않고 달려 벽월검문에 도착할 수 있었다.
　양소군을 비롯해 호룡각의 대부분의 무사들은 각주인 엽상에게 충성을 다하고 있었다.
　애초에 이 문파를 세움에 있어 엽상의 존재가 기둥이 되었고, 그들은 엽상이라는 인간에 반해 허리를 숙이고 부하로 들어간 것이었다.
　그런 그가 목유현에게 무참히 당해 반폐인이 되어버렸다.
　그리고 그의 아들이자 호룡각의 희망인 엽초곤 또한 재기불능의 몸이 되어버렸다.
　색을 밝히고 성격이 폭급한 데다 생각이 둔해 이리저리 걱정이 되는 엽초곤이긴 했으나 그는 자신이 충성을 바치는 엽상의 후계자였고, 오랜 시간 동안 정을 쌓아온 의조카이기도 했다.

그런 두 사람이 한 명에게 당해 폐인이 되었음에도 숭무련은 목유현의 무위에 눌려 아무런 처벌조차 내리지 못했다. 아니, 처벌은커녕 꼬리를 내리고 고개를 숙였다는 이야기가 이미 강서성 전체에 퍼져 있었다.

“대주.”

“정보는?”

“지금 벽월검문은 옆 마을에 대부분의 무사를 보냈다고 합니다.”

“이유는 뭐래냐?”

“수해의 복구 때문이라고 합니다.”

“하… 정신적으로 문제가 있는 놈들이로군. 그렇다고 본진을 텅 하고 비우다니.”

“무주공산이나 다름없습니다.”

“안에 남아 있는 병력은 어느 정돈데?”

“많아봐야 열 명 정도라고 합니다.”

“알았다. 그 정보를 부각주에게도 보내도록 해라.”

“네!”

수하는 복명하며 품속에서 커다란 죽통을 꺼내 들었다.

그리고 뚜껑을 열자 그 속에서 작은 새 한마리가 튀어 나왔다. 일종의 전서구였다.

그는 정보가 적힌 쪽지와 보고서를 새의 다리에 묶어 날려 보냈다.

“해가 지는 순간, 돌입한다.”

“네!”


“음?”

뇌천패는 문득 인상을 구겼다.

무언가 좋지 않은 감각을 느꼈기 때문이었다.

“하아… 지금 문파에 인원이 얼마나 남았지?”

“옆 마을에 갑자기 일어난 수해에 지원을 갔고, 하인들은 대부분 집에 돌아갔으니까요, 대강 열 명 정도일까요?”

“좋아. 모두 문주전 앞으로 모이라고 해.”

“네. 알겠어요.”

목유현이 문파를 떠나기 전 뇌천패의 말은 웬만하면 따르라고 지시했기에 목소하는 군말없이 그의 지시를 따랐다.

갑자기 무너진 강의 제방 탓에 옆 마을의 수해가 제법 컸기에 문파 무사의 대부분이 그쪽으로 지원을 나가 있었다.

목소하를 걱정하며 무사들이 이곳에 남으려 했으나 목유현으로부터 들은 뇌천패의 무력을 알고 있었기에 그녀는 걱정하지 말라고 하며 무사들을 모두 파견 보냈다.

그랬기에 문파에 남은 무사는 기껏 해봐야 다섯 사람. 그리고 상시 문파에 머무는 하인 다섯 정도뿐이었다.

그들은 모두 뇌천패의 지시에 따라 문주전 안에 들어갔다.

“네 녀석들은 뭐냐?”

뇌천패는 정문 앞에서 우르르 몰려온 호룡각의 무사들을
맞이했다.

"그러는 넌 뭐냐?"

"큭큭."

뇌천패를 덩치만 큰 빈 강정이라 여겼는지, 아니면 수적 우
월감의 발로인지 그를 대하는 호룡각 무사들의 표정은 그저
비웃음 일색이었다.

"다치기 싫으면 물러가라. 지금이라도 물러가면 내 쫓아가
지는 않을 터이니."

평소라면 그냥 다 두들겨 버리겠지만, 목유현으로부터 목
소하를 부탁받은 입장에서 먼저 나설 수는 없었다.

"웃기고 있네. 비켜. 우리는 안에 볼일이 있다고."

"혹시 네놈도 벽월검문의 문도냐?"

뇌천패는 답하는 대신 다른 물음을 던졌다.

"너희 혹시 내가 막아도 여기를 침입할 거냐?"

"당연한 걸 묻고 지랄이야."

"그럼 관광 왔을까 봐?"

"그렇군."

으응, 하고 고개를 끄덕이는 뇌천패의 기세가 말 그대로 천
지개벽하듯 급변했다.


호룡각의 타격대, 명호대의 대주인 무파는 자신의 눈을 믿

을 수가 없었다.

그가 지휘하는 이들의 수효는 칠십에 가까웠다.

호룡각에서 거액과 엄청난 시간을 투자해 육성한 명호대는 그야말로 호룡각의 핵심 전력이자 정예였다.

이들의 수가 칠십이면 강서성 남부에서는 웬만한 문파와도 전면전이 가능할 전력이었다.

하지만 눈에 보이는 현실은 그의 생각과 무척이나 달랐다.

명호대라는 양들의 모임에 뇌천패라는 늑대가 마음껏 날뛰고 있었다.

"으악!!"

"허걱!"

"살려줘~"

그가 주먹을 뻗으면 권풍이, 손을 내리치면 장풍이, 발을 뻗으면 족풍이 몰아쳤다.

아니, 그가 지나가는 모든 자리에 말 그대로 폭풍이 몰아쳤다.

처음 그를 완전히 포위했을 때는 말 그대로 그들은 득의양양 그 자체였다.

하지만 그가 결연한 눈으로 한 발을 내딛고 그 발을 기점으로 주먹을 뻗는 순간 세상이 급변했다.

"굉음탄(轟音彈)."

파천삼권 중 첫 번째인 그의 권이 앞으로 내질러지는 순간

대기가 터져 나가듯 엄청난 기의 폭풍이 몰아쳤다.

"으악!"

그의 정면에 마주하던 이들은 무시무시한 권압에 휘말려 저 멀리 날아가 버렸다.

그리고 소리의 폭풍에 휘말린 이들은 귀로 피를 쏟으며 그대로 혼절해 버렸다.

통천각(通天脚).

뇌전삼각의 두 번째인 통천각이 펼쳐지자 호룡각의 무사들은 마치 투석기에 장전되어 날아가는 돌처럼 저 멀리 날아가 버렸다.

그나마 다행인 것은 뇌천패가 거기서부터는 손속에 사정을 두어 파천황은 펼치지 않았다는 점이었다.

마지막 초식이 펼쳐졌다면 멀쩡히 살아 돌아가는 이는 아무도 없었을 것이다.

그렇게 포위망이 아주 쉽게 깨지고 나서부터는 지독히 일방적인 전개가 펼쳐졌다.

아주 가끔 반격을 하는 이들도 있었다. 물론 대부분 그 성과라고는 조금도 없었다.

동료를 희생해 가며 몰래 독암기를 던지던 부하 하나는 뇌천패의 주먹에 바로 머리가 깨져 버렸고, 어설프게 달라붙던 이들도 그대로 천상을 구경을 하거나 운이 좋은 경우 몇 군데 부러지는 정도로 겨우 살아남았다.

말 그대로 자신들과는 수준이 너무나도 달랐다.

"너… 넌 누구냐?"

애초에 목유현만 제외하면 벽월검문에서 무서운 이는 없으리라는 것이 그들이 파악한 정보였다. 그리고 목유현은 여기에 없으니 더욱 무서워할 것은 없다. 게다가 마침 대부분의 병력이 자리를 비우고 있으니 이것이 바로 천우신조라 불릴 것이었다.

하지만 이 말도 안 되는 현실은 무엇이란 말인가?

대부분의 부하가 모두 땅바닥에 뻗어버린 지금 자신의 옆에는 아무도 남아 있지 않았다. 땅바닥에 뻗은 수효는 대강 오십, 나머지는 모두 전의를 완전히 상실하고는 그대로 도망가 버렸다.

"나 뇌천패다."

얼굴을 뒤덮는 손그림자를 보며 무파는 그대로 의식을 잃고 쓰러지고 말았다.


*　　*　　*


"고려할 일고의 가치도 없어. 굳이 보지 않아도 결과는 뻔하니까. 딱하게 되었군. 아까운 수하들을 잃게 됐어."

"말도 안 돼!!"

목유현의 말을 양소군은 전력으로 부정했다.

“애초에 백 명 정도로 그 사람에게 덤비는 네놈들이 더 말
도 안 되는 거야.”

목유현은 실로 가엽다는 눈으로 그들을 바라보더니 이내
신형을 날렸다.

다른 사람이 나설 일도 없었다.

그리고 그날 호룡각의 잔재 병력들이 모두 전멸함으로써
호룡각은 그 간판을 접게 되었다.

# 第七章
## 작은 만남

목유현은 벽월검문에 돌아오자마자, 바로 어딘가로 발걸
음을 옮겼다.
그의 발걸음이 향한 곳은 강서성 내부가 아닌 복건이었다.

복건성 장정.
주변의 땅이 척박해 농업이 그다지 발달하지 못했기에 기
반인구 자체는 그리 크지 않았지만 강서성과 접한 지리적인
요건 때문에 상인들의 출입이 잦아 상권이 발달한 도시였다.
농업이라는 기초적인 경제가 받쳐 주지 않은 채로 상권만
이 비정상적으로 발달되었을 때 흔히 보이는 현상이 있었다.

바로 양극화.

장정은 무척이나 발달한 상권만큼이나 도시의 뒷골목 또한 무척이나 넓고도 깊게 퍼져 있었다.

장정의 거리는 무척이나 화려했다.

객잔들은 저마다의 음식을 자랑하고 있었고, 복건성의 문물과 강서의 문물이 모이는 시장에는 언제나 활기로 넘치고 있었다.

상점가에는 문턱이 닳도록 드나드는 사람들과 그들이 소비하는 돈으로 인해 무척이나 윤택한 빛을 자아내고 있었다.

단지 그곳에서 반 각만 걸어가면, 아니, 건물 두어 개만 넘어가면 또 다른 세상이 펼쳐졌다.

장정의 뒷골목.

각종 쓰레기와 사람의 토사물, 그리고 굶어 죽은 동물의 사체와 벌레들, 여러 가지가 섞이고 썩어가는 냄새가 풀풀 풍기는, 밝은 세상인 장정의 거리와 비교하면 말 그대로 인외마경과도 같은 세상이었다.


뒷골목 구석에서 쓰레기를 뒤지는 소년이 있었다.

오 척 삼 촌 남짓, 그리 크지 않은 체구에 제대로 씻지 못했는지, 아니면 험한 곳을 돌아다녔는지 얼굴 곳곳에는 시꺼먼 때들로 가득했고, 얇고 군데군데 구멍 난 헌 옷은 말 그대로 검은 염료를 쓴 것 마냥 시꺼메져 있었다.

소년은 손톱 끝까지 새까매진 손으로 연신 쓰레기의 산을 헤쳐 가고 있었다. 그러던 중 무언가를 발견하고 주워 들었다.

소년이 주운 것은 자그마한 비녀였다. 반짝거리는 빛에 잠시 기대를 품었던 소년은 이내 실망의 빛을 감추지 못했다. 하지만 쓰레기 사이에서 주워 여기저기 때가 탔음에도 무언가 자신의 색을 여전히 발하는 것을 보면 어쩌면 꽤나 값이 나갈지도 모르는 일이었다.

소년은 주변을 살피며 인기척이 없음을 확인하고는 비녀를 품속에 꼭 품은 채로 어딘가로 부리나케 달려갔다.

소년이 거친 숨을 몰아쉬며 도착한 곳은 뒷골목 한 구석에 위치한 작은 상점이었다.

"할아범, 이것 좀 봐줘요."

"이리 줘보거라."

장정의 뒷골목에서 수십 년째 잡화상을 운영하는 할아범은 간단한 전당포의 역할도 겸하고 있었다. 오랜 상인 생활로 단련된 그의 눈은 물건의 가치를 매우 정확히 짚어내곤 했다.

"흐음. 어디 기루에서 흘러나온 건가 보군. 원래는 제법 값이 나갔겠는데?"

"그럼?"

"근데 말이야. 이거 보이지."

할아범이 소년에게 비녀의 한쪽 부분을 보여주었다.

아주 예리하게 잘려 나간 흔적이 보였다.

비녀가 자그마했던 이유는 일부분이 잘려 나갔기 때문이었던 것이다.

"이래서야 제대로 된 값을 하기는 힘들지."

"……."

소년의 눈이 잠시 실망감으로 물들었다.

"쳇. 제대로 된 것을 건진 줄 알았는데."

"그럴 필요는 없어. 상품으로서의 가치는 없어도, 재료로서의 가치는 남아 있으니까. 이 정도로도 적당히 값어치는 할 수 있다."

"그럼 얼마나 쳐 줄 거예요?"

"은 한 냥."

"에에… 좀 나간다고 해놓고는. 좀 더 붙여줘요."

"나도 먹고살아야지 이놈아!"

"제가 어디에 돈 쓰는지 어차피 알고 있잖아요. 좀 도와준다 생각하세요."

"쳇."

주인 할아범은 혀를 차더니 은 반 냥을 더 얹어 소년의 손에 넘겨주었다.


소년은 예상외의 횡재를 인도해 준 하늘에 감사하며 기도를 올렸다.

소년의 발걸음은 의방으로 향했다.

"또 왔구나. 돈은 가지고 왔니?"

의방에 들어서자마자 의원이 소년을 알아보더니 물었다.

"네!"

소년은 자신있게 대답하며 돈을 내밀었다.

의원은 의외라는 듯 잠시 소년이 내민 손에 올려진 은자를 바라보았으나 이내 고개를 끄덕이며 소년이 낸 돈을 금고에 집어넣었다.

"잠시 기다리거라."

얼마 지나지 않아 의원은 약첩을 지어 가지고 왔다.

"원래는 탕기로 탕약을 만들어 먹는 게 효과가 가장 뛰어나지만 네 사정에 그렇게 할 수는 없을 터이니, 환으로 만들어놓았다. 하루에 한 알씩 먹이면 될 것이다."

"감사합니다. 감사합니다."

소년은 의원의 배려에 연신 고개를 숙였다.

"어차피 돈을 받고 하는 것에 무슨 감사할 필요가 있겠느냐?"

다소 자조적인 의원의 말을 뒤로하고 소년은 의방에서 뛰어나왔다.


소년은 뛰었다.

조금이라도 빨리 이 약을 동생에게 먹이고 싶었기 때문이었다.

소년의 동생은 몸이 좋지 않았다.

의원에게 진찰을 받으니 오랜 영양실조로 내부의 기가 많이 상했다고 했다.

약재로 몸을 보하고, 그 후 영양을 충분히 섭취한다면 어렵지 않게 병을 털고 일어날 수 있겠지만 그 행위 자체가 소년에게 있어서는 불가능한 일이었다.

애초에 아직 성인조차 되지 않는 소년을 고용하려는 이도 없는 상태에서 소년이 돈을 벌 수 있는 수단은 소매치기나, 혹은 방금처럼 쓰레기를 헤쳐 보물찾기를 하는 수밖에 없었다.

소년의 주변에서 같이 자라난 친구들은 보통 두 가지 중 전자를 선택하곤 했고, 그중 대부분이 손목이 잘린 채로 골목이나 다리 밑으로 버려졌다.

소년은 절대 그렇게 될 수 없었다. 동생을 남겨두고 혼자 갈 수 없었기에 절대 소매치기의 업에 뛰어들지 않았다.

뛰어가는 소년의 발걸음이 뒷골목 사람들이 모여 사는 움막촌 바로 앞에까지 다다랐다.

이제 이 골목만 틀면, 동생에게 약을 먹여줄 수 있는 것이었다.

정말 운이 좋은 날이었다. 이런 대박을 터뜨려 하루 만에 약을 이렇게나 많이 사가게 된 것은 이번이 처음이었다. 거기

다 생각보다 의원이 챙겨준 약이 많았다. 이 정도면 한동안은
약 걱정은 하지 않아도 될 터였다.

　유일한 혈육인 동생은 그가 삶을 살아가게 하는 원동력이
었다. 동생을 위해서라면 소년은 무엇이든 할 수 있었다.

　소년의 발이 골목을 지났다.

　그리고.

　툭.

　소년의 손에서 신줏단지 모시듯 귀중하게 들고 온 약첩이
떨어져 바닥을 굴렀다. 새하얀 약첩이 먼지로 뒤덮여 가는데
에도 소년의 시선은 그곳에 닿지 않았다.

　소년은 오로지 모두 무너져 폐허가 되어버린 움막촌만을
바라보고 있었다.


　자연적인 재해가 아니었다.

　곳곳에는 칼로 베어진 흔적과 몽둥이로 내리친 흔적들이
널려 있었다.

　졸지에 살 곳을 잃은 사람들이 대성통곡을 하고 있었다.

　그리고 무너진 소년의 움막에는 병으로 운신조차 하기 힘
든 동생이 두 눈을 감은 채 몸을 뉘이고 있었다.

　소년이 동생의 어깨를 흔들며 몇 번이고 불렀지만 동생은
겨우 미약한 숨만을 이어나갈 뿐이었다.

　소년은 동생을 업었다.. 그리고,

“누구죠?”

소년은 구석에 떨고 있는 한 노인에게 물었다.

“누가 이런 일을 저질렀죠?”

“흑… 흑골문이.”

흑골문이라면 소년도 잘 알고 있는 조직이었다. 일 년 전 장정에 갑자기 나타나 순식간에 세력을 키워 장정 암흑가의 패권을 다투게 될 정도로 성장한 문파였다.

하나같이 폭급하고 잔인해 그들과 관련되고는 목숨조차 부지하기 힘들다는 소문은 장정에서 모르는 이가 없을 정도였다.

“무슨 이유 때문이라던가요?”

노인은 떨리는 입으로 답했다.

여기 움막촌의 거주자 중 한 명이 흑골문과 적대하는 조직의 사람을 숨겨준 적이 있다는 것이었다. 그리고 이 움막촌을 모두 박살 내버린 것은 그에 대한 보복이자, 사람들에게 알리는 경고의 의미도 있었다.

“고… 고작 그런 것 때문에.”

소년은 흐르는 눈물을 참지 못하고 눈을 감았다.

그리고 눈을 떴을 때 소년의 손에는 물을 잔뜩 먹어 굵고 튼튼한 나무 막대기가 들려 있었다.


흑골문은 장정을 대표하는 흑도문파였다.

변변찮은 무예조차 익힌 적이 없는 소년이 고작 막대기 하나 들고 쳐들어가 본다고 한들 아무것도 달라지는 것이 없었다.

하지만 이대로 가만히 있을 수는 없었다.

웃기지도 않은 이유 때문에 동생은 움막 속에서 생을 마칠 뻔했다.

병약한 몸으로 제대로 뜀박질조차 해보지 못한 채로 생을 끝낼 뻔한 것이다.

"가만두지 않을 테다."

소년의 눈에 독기가 어렸다.

죽는 한이 있더라도, 반드시 한 놈은 데려갈 것이다.

소년은 다짐하고 또 다짐했다.

그렇게 몽둥이를 부여잡고 소년은 흑골문으로 향했다.

흑골문의 정문에 도착한 소년은 뒷골목에 숨어 정문을 훔쳐보았다.

정문에는 기골이 장대한 거한 둘이 철통같이 문을 지키고 있었다.

당장에라도 뛰쳐나가고 싶었지만 그래 봐야 저 둘에게 잡혀 아무것도 이루지 못할 것임을 소년은 알고 있었다.

소년이 정문을 뚫고 갈 방법에 대해 골몰하는 사이 흑골문의 정문에는 한 청년이 멈추어 서 있었다.

수상해 보이는 청년의 등장에 정문을 지키는 거한들이 그를 막아섰다.

"멈춰라."

"별다른 용무가 있는 게 아니라면 경을 치기 전에 꺼져라!!"

험악한 인상에 커다란 덩치에서 나오는 그들의 엄포는 간이 작은 사람이라면 그대로 까무러칠 만큼 위압적이었다.

"싫은데?"

"이놈이 죽고 싶어 환장을 했구나."

거한이 수중에 든 창을 휘두르는 것을 보고 그 장면을 훔쳐보고 있던 소년은 눈을 꼭 감았다. 어떤 일이 일어날지 대강 상상이 되었기 때문이었다.

하지만 현실은 소년의 상상과는 정반대의 상황으로 흘러가고 있었다.

"빙파(氷破)."

청년, 목유현의 달싹임에 마라의 기운이 일제히 터져 나감과 동시에 앞으로 쇄도했다.

그 날카로운 기운에 철로 만든 정문이 종이쪽처럼 찢어져버렸다.

헐렁거리는 문을 박차고 들어간 목유현은 순식간에 몰려나와 자신을 둘러싼 흑골문의 문도들을 보았다.

"웬 놈이냐?"

"무슨 속셈이냐?"

목유현은 그를 둘러싼 이들 중 낯이 익는 얼굴들을 기억 속에서 떠올렸다.

흑골문은 벽월검문의 마지막을 장식해 준 이들이었다. 그의 아버지를 죽이고 동생을 죽이고, 문파를 불태운 이들이었다.

장정에서 세력을 키운 흑골문은 후에 강서성으로 세력을 넓히다 벽월검문이라는 다 죽어가는 약소문파를 발견하고 날름 삼켜 버린 것이었다.

원래 과거로 돌아오자마자 이들을 박살 내버리고 싶었지만 과거의 그들은 목유현의 기억과 다른 소재지에 자리하고 있었다. 이들의 정보를 제공한 것은 백화연이었다.

그리고 백화연으로부터 정보를 제공받자마자 바로 이곳으로 먼저 온 것이었다.

정면에 있는 아주 익숙한 얼굴을 보니 절로 웃음이 나왔다.

그는 흑골문주 강흑이었다.

강흑은 최후에 아버지의 목을 베고는 그 몸을 의자 삼아 깔고 앉은 다음, 동정하듯 목유현의 목숨을 살려준 놈이었다. 웃으면서 숨이 끊어져 가는 동생의 목을 베어버리며 목유현을 조롱하던 놈이었다.

"정말 반갑다. 너무나도 보고 싶었어."

혈마의 삶을 살면서도 절대 잊지 못했던 이들을 바라보며 목유현의 입꼬리가 싸늘한 조소를 그려냈다.


"죽여!!"

충분히 주변에 전력이 모인 것 같자, 강흑은 공격을 지시했
다.

그의 지시에 따라 흑골문의 이들이 일제히 목유현을 향해
신형을 날렸다.

하지만 그들의 칼이 닿기도 전에 목유현은 이미 마라의 기
운을 한계까지 팽팽하게 늘려놓고 있었다.

그리고,

"빙파(氷破)."

한계까지 팽팽해진 기운이 터짐과 동시에 무시무시한 속
도로 전 방위로 쏟아져 나갔다.

"으악!!"

"아악……."

순식간에 주변을 둘러싼 이들이 동시에 비명을 내지르며
쓰러졌다.

"뭐야?"

"말도 안 돼!!"

다른 이들이 고성을 내지르며 덤벼들었지만 그들의 운명
또한 마찬가지였다.

"모두 한꺼번에 덤벼!! 수로 밀어붙이는 거다."

목유현의 무위가 심상치 않음을 깨달은 강흑이 일갈했다.

"옛!"

그의 수하들이 동시에 뛰어들었다.

사방으로 포위하며 압박하는 그들의 진영은 나름 효과적으로 보였다.

하지만 그들이 다가와 칼을 휘둘렀을 때 이미 목유현은 그 자리에 존재하지 않았다.

순속을 이용하여 몸을 뒤로 뺀 목유현은 사방이 아닌 전방에서 얼빠진 표정을 짓고 있는 흑골문의 문도들을 보며 차가운 웃음을 머금었다.

또다시 빙파의 칼날이 쇄도했고, 사이좋게 모여 있던 이들은 빙파의 칼날에 난자당했다.

"도… 도대체 무엇을 원하는 거냐?"

강흑이 뒷걸음질 치며 물었다.

'…흥.'

백화연이 조사하기로 아직 흑골문은 그저 그런 흑도문파에 불과했다. 목유현의 기억 속에 흑골문이 제법 강력한 문파였음을 감안한다면 지금은 성장기에 불과할 뿐이었다.

'기연이라도 얻는 건가?'

기억과는 너무나도 달랐지만 상관없었다. 그들이 기억 속 그들과 동일하다는 것은 아주 잘 알고 있었으니까.

"무엇을 원하느냐고? 이 광경을 원하는 거지."

목유현은 뒤를 가리켰다. 하나같이 기골이 장대한 흑골문의 거구들이 산처럼 수북하게 쌓여 있었다.

"뭐라고 하는 것이냐!!"

목유현이 다가오자 강흑은 칼을 겨누며 뒷걸음쳤다.

"그리고 너도 이 광경에 집어넣는 게 내가 원하는 바야."

목유현은 싱긋 웃으며 그에게 손가락 하나를 가리켰다.

"절명(絶命)."

쨍그랑.

강흑이 들고 있던 칼이 두 동강 나더니 땅바닥에 떨어졌다.

강흑은 반 토막 난 애병의 모습에 대경했지만 차마 더 놀랄 겨를도 없었다. 순속으로 다가온 목유현의 손이 그의 명치를 그대로 가격한 것이다.

"컥."

횡격막이 일제히 숨을 내뱉음과 동시에 강흑은 그대로 의식을 잃어버리고 말았다.


목유현은 세세하게도 각각의 단전을 박살 내고 힘줄을 끊어 그들이 다시는 흑도문파에 몸담지 못하도록 처리해 버렸다.

문을 나서는 목유현의 앞을 누군가 가로막았다.

그를 가로막은 것은 골목에 숨어 정문을 지켜보고 있던 소년이었다.

“왜?”

목유현이 길을 가로막은 소년에게 물었다.

“저를 데려가 주세요!!”

소년은 목유현에게 갑자기 무릎을 꿇었다.

“…….”

목유현은 난데없이 나타난 소년의 모습에 쓴웃음을 지었다.

“강해지고 싶어요. 강해져서 동생을 지키고 싶어요. 동생을 죽일 뻔한 이들에게 아무것도 하지 못한 채 지켜보고 싶지 않아요.”

소년은 불타는 듯한 눈으로 목유현을 마주하고 열변을 토했다.

“제자로 삼아달라는 거냐?”

“네!”

소년의 눈에는 강건한 의지가 담겨 있었다.

‘동생이라…….’

문득 소년의 모습에서 과거 기억 속 목유현의 모습이 떠올랐다.

동생 목진현이 강흑에 의해 목숨을 잃으면서 그에게 단지 저주를 퍼부을 뿐 아무것도 할 수 없었던 자신의 모습 또한 같이 떠올랐다.

‘인연인가.’

과거 하지 못했던 동생의 원수를 갚은 곳에서 동생을 지키겠다는 소년이 자신을 데려가 달라 청하고 있었다.

"좋아. 같이 가도록 하자."

그의 말에 소년은 벌떡 일어나 연신 고개를 숙였다.

"감사합니다. 감사합니다."

"내 이름은 목유현이다. 네 이름은 뭐냐?"

"소호예요."

"좋은 이름이로군."

그렇게 목유현의 제자이자 나중에 사부가 했던 것 마냥 똑같이 강호를 뒤집어엎어 버린 소호의 첫 만남은 번갯불에 콩 구워 먹듯 순식간에 이루어졌다.

第八章
휴식 (休息)

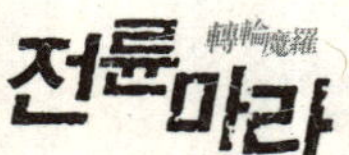

　다시 집으로 돌아온 목유현의 일상은 한동안 평화로웠
다.
　과거에 그랬던 것처럼 모연상단에서는 사과의 사절이 와
방시연의 잘못에 대해 먼저 사과를 구했고, 문주 목현곤은 양
자의 합의하에 그 일을 덮어버렸다.
　목유현은 하품을 하며 하늘을 바라보았다.
　거기에 숭무지회에서 거하게 일을 벌인 덕인지, 이리저리
돈을 대주겠다고 접근하는 상단이 많아져 문파의 사정 또한
매우 윤택해졌다.
　사정이 윤택해진 김에 소하에게 업무 분담을 그만두고 편

히 쉬라고 권했지만 그녀는 고개를 내저었다.

무언가 집안에 보탬이 되고 싶다고 결연한 눈동자로 말하는 소하에게 목유현은 별다른 토를 달지 못했다.

도진상은 그때 이후로 무척이나 얌전해져 지금은 아주 성실하게 문파를 위해 일하고 있었다. 아직도 목유현을 보면 경기를 일으키는 것이 그때의 충격이 다 가시지는 않은 것 같았다.


“여기 있었군.”

“흐음?”

나무 밑동에 누워 있는 목유현에게 백화연이 다가왔다.

“무엇을 하고 있었나, 목 형?”

“하늘을 보고 있었다.”

“흐음. 확실히 무척이나 날이 맑으니 하늘이 멋지긴 멋지군.”

백화연은 목유현을 따라 그의 옆에 양팔을 베개 삼아 몸을 뉘었다.

“그나저나 뇌 대협이 자네를 애타게 찾고 있던 것 같던데.”

“하아……”

목유현은 한숨을 내쉬었다.

숭무지회에 뇌천패를 버리고 간 것까지는 좋았지만 역시

갔다 오고 나서는 정말 감당하기가 힘들었다.

·한 시진이 멀다 하고 싸우자고 달려드는 그에게 두 손 두 발 다 들었다.

정말 한 번은 마음 독하게 먹고 반쯤 골로 보낸 적도 있었지만 무슨 물 대신 영물의 피라도 마시는 건지 다음날 멀쩡한 몰골로 나타났었다.

정말 신기하기 짝이 없었다.

다행히 뇌천패는 소하를 무척이나 마음에 들어해 이제 딱히 부탁이 없어도 자신이 자리를 비우면 소하의 곁을 지켜주곤 했다.

"자네, 이젠 무엇을 할 생각인가?"

백화연이 물었다.

"그를 찾아야지."

"그라면?"

"일독."

백화연의 뇌리로 예전 만통괴와의 만남에서 그가 말했던 것이 떠올랐다.

"어디 있는지는 아나?"

"아니."

"어떻게 찾을지는 정했나?"

"예전 만통괴 어르신의 말대로 도괴를 먼저 찾아봐야겠지."

“흐음. 복잡하군.”

“하지만 아직은 아니야. 의미가 없어.”

“왜 그런가?”

“너무 약하거든.”

“누가?”

“나.”

“응?”

백화연은 고개를 갸웃거리다 이내 잘게 고개를 흔들며 수궁했다.

목유현이 그녀로서는 깊이를 알 수 없을 정도로 강하다고 해도 천하에서 가장 강한 십오 인이라 불리는 이들에게는 아직 미치지 못한다는 것을 알고 있었다.

애초에 이 나이에 비교 대상이 그들이란 것 자체가 문제가 있었지만 어쨌든 그들 중에서도 가장 강하다 일컬어지는 일독은 거의 전설 속의 인물에 가까웠다.

“그럼 수련은 하지 않는가?”

“하고 있어.”

본디 무공의 수련이란 흔히 고련이라 불릴 정도로 고되게 마련이었다. 내공을 익히는 자세부터 보통 가부좌를 취하곤 하는데 익숙해진다 해도 편한 자세라고는 할 수 없었다. 무공에 따라서는 입식과 물구나무를 서거나 매우 특이한 자세를 취해야만 익힐 수 있는 무공 또한 부기지수였다.

하지만 현재 목유현의 자세는 말 그대로 엄청 편하게 누워 있는 것이었다. 그녀는 편하디 편하게 누워 있는 목유현을 보며 의문을 표했다.

"이게?"

목유현은 대답 대신 고개를 끄덕였다.

자연의 기를 흡수해 핵을 점점 불려 나가는 마라에게 있어 연공이란 맑은 공기를 마시며 편하게 있는 것과도 다름없었다.

물론 영겁혈륜에 비하면 그 속도가 느리기 짝이 없었지만, 대신 그에 비하기 힘든 안정성을 가지고 있으니 그다지 불만은 없었다.

"무언가 불공평하군."

부럽다는 듯 백화연이 툴툴거렸다.

"후."

목유현은 홀로 웃음을 삼켰다.

마라와 함께 하기까지 겪어왔던 수많은 고난의 시간들이 떠올랐던 탓이었다.

영겁혈륜과 혈마로서의 기억은 아직 그의 머릿속 구석에 자리 잡아 좀처럼 떨어지지 않았다.

그리고 그의 마음속에서 아직 혈마로서의 인격이 자리하고 있었다. 물론 지금은 마라의 기세에 눌려 숨어 있지만 분명 목유현은 그 악의와 살의로 가득 찬 편린의 존재를 느끼고 있었다.

“목 소협, 여기 계셨군요.”

그때 그들에게로 다가오는 인영이 있었다.

검은 생머리를 나풀거리며 다가온 인영은 서예소였다.

“…….”

‘한시도 사람을 가만히 두지를 않는군.’

그러고 보면 요 근래 혼자만의 시간을 가진 것이 언제였는지 기억도 나지 않았다.

어디를 가든 꼭 한 명은 그를 찾아내 옆에 붙어 있곤 했다.

“목 소협, 시내에 맛있는 국수 가게를 찾았는데 같이 가시지 않겠어요?”

서예소는 목유현이 누워 있는 나무에 등을 기대고는 물었다.

“목 형은 지금 연공을 하는 중이라 하니 방해하지 않는 게 좋지 않을까 싶소.”

백화연이 그녀의 말을 막아섰다.

“대사형에게 전해 듣기로는 장소와 시간에 딱히 구애받지 않는다고 들었는데요?”

하지만 이내 서예소는 백화연의 말을 맞받아쳤다.

“하인들에게 전해 들었는데 잘 알려지지 않은 숨은 명소라고 하더군요.”

서예소는 목유현이 은근히 탐미적인 경향이 있음을 잘

알고 있었기에 요 근래에는 먹을 것으로 화제를 만들곤 했
다.

"겨울에 국수라니 그다지 어울리지 않는 것 같지 않소?"

"흠… 그다지 상관없어 보이는데요?"

"……."

정작 목유현은 아무 말도 하지 않는데 옆의 두 사람은 무언
가 알 수 없는 치열함을 보이고 있었다.

"후……."

슬며시 한숨을 내쉰 목유현은 마라를 일으켜 존재감을 잠
시 지우고는 이내 순속을 사용하여 자리를 떠버렸다.

"응? 목 소협?"

"목 형, 어디 갔나?"

그렇게 한참 뒤에야 그들은 목유현이 사라진 것을 알아챌
수 있었다.


"형, 어디 갔다 오는 길이야?"

돌아오는 길에 만난 이는 목진현이었다.

"적당히 바람 좀 쐬고 오는 길이다."

"그래? 누나들이 형을 찾고 있던데."

"안 그래도 두 사람 다 만났다."

"헤에."

형제의 사이는 어느덧 가까워져 있었다.

계기는 별 게 아니었다.

말을 걸 때마다 툴툴거리고, 노려보고, 어쨌든 대화가 좀처럼 되지 않자 어느 날 목유현은 한숨을 내쉬고는 사람들의 양해를 구해 목진현을 예의 폐관 수련장으로 데려갔다.

목진현은 납치와 다름없는 형의 취급에 난동을 피웠지만 목유현은 일절 신경도 쓰지 않았다.

그리고는 정말 먼지가 자욱하게 쌓일 정도로 때렸다.

한참을 때려 목진현이 완전히 기진맥진하여 엎어지고서야 느긋하게 대화를 시도했고, 그렇게 같은 공정을 열 번 정도 반복하고 나서야 형제의 사이는 다시 가까워질 수 있었다.

"이젠 네 어깨에 든 짐에 힘들어할 필요가 없다. 그 짐을 나도 같이 짐 질 터이니."

동생에게 화해를 이끌어내는 이 한마디를 떠올리는 데 있어 정말 많은 실수와 시간이 들었다.

하지만 결국 그는 소통의 부재에서 오는 관계의 단절을 억지로 소통함으로써 다시 복구할 수 있었다.


목유현이 연무장으로 가니 연신 수련에 매진하는 소호가 있었다.

목유현은 계속 검을 휘두르는 소호의 모습을 슬쩍 바라보곤 돌멩이를 집어 손가락으로 튀겼다.

“악!”

“다리가 너무 많이 벌어져 있어.”

“아악!”

“그리고 팔은 쓸데없이 너무 많이 움직인다.”

“으악!”

“또 상체가 제대로 움직이지 않는군.”

목유현은 틀린 부분이 보일 때마다 사정없이 돌멩이를 날렸다.

손톱만 한 작은 돌이었지만 마라의 기운이 실린 돌멩이가 아프지 않을 리가 없었다. 아마 굳이 확인하지 않아도 격중당한 곳에는 아주 예쁘게 피멍이 들었을 거라 소호는 직감했다.

목유현은 일단 순간의 충동에 의해 소호를 제자로 들이기는 했지만 솔직히 난감한 점이 있었다.

그 문제란 그가 가르칠 무공이 없다는 것이었다.

애초에 목유현은 무공이란 것에 대해서는 거의 문외한이나 다름없었다.

그가 가진 마라의 힘이나, 과거 영겁혈륜은 무공과는 그 궤를 완전히 달리하는 것이었다.

반쯤 우연으로 인해 익히게 된 마라나, 영겁혈륜을 소호에게 익히게 할 수는 없었다. 특히 영겁혈륜을 익힌다면 제자가 아니라 살귀를 기르는 것과 진배가 없는 행동이었다.

그래서 선택한 것이 기초를 완벽하게 단련하는 것이었다.

무공에 있어 가장 중요한 것이 철저한 기초를 닦는 것임을 목유현 또한 잘 알고 있었다. 그리고 목유현에게는 마라가 가져다주는 완벽한 시각이 있었다.

그 눈으로 정확한 자세, 정확한 힘의 배분을 계속하여 몸에 각인시켜 소호의 기초를 닦는 데 매진하고 있었다. 그의 기초가 궁전을 지을 수 있을 정도로 닦는 순간까지 그를 위해 쓸 만한 무공 서적이라도 구해놓을 계획이었다.

'안 되면 청성에라도 부탁하면 되겠지.'

아직은 먼 이야기였기에 딱히 심각하게 생각하지 않았다.

문득 목유현은 연무장 구석에서 소호를 바라보고 있는 소년이 있음을 알아챘다. 그 소년은 소호의 동생인 소우였다.

영양실조로 인한 몸의 균형이 붕괴되어 병을 앓았던 만큼 백화연의 적절한 대처를 받은 소우는 금세 건강을 회복할 수 있었다.

물론 아직 무공을 익힐 정도의 상태는 되지 않았기에 이렇게 구경만 하고 있었지만, 얼마 지나지 않아 그 또한 형의 옆에 서길 기도하고 있었다.


그들과 헤어진 목유현의 발걸음은 문득 벽월검문 뒤편에 마련된 어머니의 묘소로 향했다.

“음? 유현이구나.”

그곳에는 선객이 있었다. 아버지, 목현곤이었다.

그는 목유현의 어머니가 생전 좋아했던 하얀 국화를 봉분 위에 올려놓고 있었다.

“벌써 시간이 꽤나 흘렀구나.”

“…….”

그의 어머니가 세상을 떠난 후의 시간을 이야기하는 것이었다.

“그 사람은 너를 무척이나 걱정했단다. 내가 임종의 순간을 지키지 못했지만, 그 순간까지 너를 걱정했을 테지.”

목현곤의 말이 맞았다. 그의 어머니는 장남임에도 가장 철이 없었던 목유현을 무척이나 걱정하고 아꼈다. 그리고 숨을 거두는 순간에도 그를 걱정하고 있었다.

“하지만 지금에서는 그 걱정 또한 접어버리고 편히 쉴 수 있을 터이니 정말 다행이로구나.”

“아버지…….”

목현곤은 시선을 돌려 목유현과 눈을 마주쳤다.

“네가 무엇을 생각하고, 무엇을 알고 있고, 무엇을 하려는 지는 모른다. 하지만 이것만은 네가 알아줬으면 좋겠구나.”

“…….”

“집은 신경 쓰지 말거라. 나도 그렇고, 진현이도 최선을 다해 집을 지키고 있을 것이니.”

목현곤은 혹시나 목유현이 가문을 지키기 위해 그 날개를 다 펼치지 못하는 것이 아닐까 염려하고 있었다.

"네가 어떤 판단을 하든, 어떤 삶을 살든 넌 자랑스러운 나의 아들이다."

가볍게 어깨를 토닥이는 아버지의 얼굴에는 다 큰 아들을 바라보는 자랑스러움이 가득 묻어나 있었다.

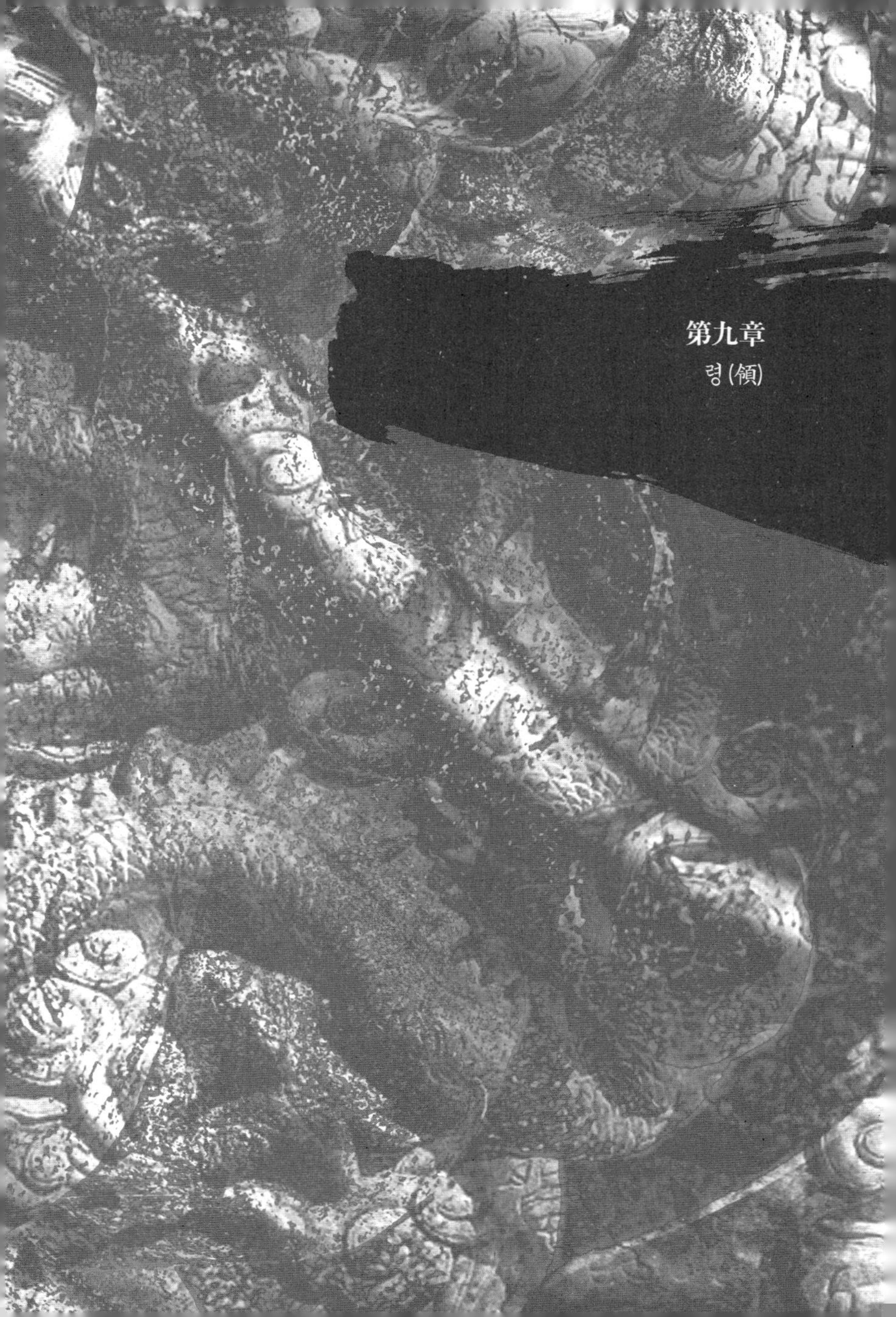

# 第九章
## 령(領)

서금의 인근, 토호 도심부의 지붕 위.

한 인영이 지붕 위에 사뿐히 몸을 디디고 있었다.

그 인영은 도저히 현세의 것이라고는 믿기 힘들 정도의 신비로운 빛을 발하고 있었다.

은의 광채를 전신에 내뿜는 소녀, 장인이 은을 정성들여 길게 뽑아놓은 듯 머리카락이 바람에 휘날렸다. 그런 모습조차 현세의 것이라기보다는 선계의 것이 아닐까 하는 신비로운 향에 잠겨 있었다.

그녀가 편안히 안주했던 관을 떠난 지도 어느덧 두 달 남짓. 여전히 세상은 낯설고 불편하기 짝이 없었다.

세상은 그녀에게 불친절한 무채색이었다.

그런 무채색에 그녀는 아무런 관심조차 가지지 않았다.

그녀는 무채색으로 가득한 세상에서 색을 찾아 고개를 두리번거렸다.

문득 그녀의 시선이 옅게 남아 있는 잔향을 감지하고는 하나의 방향으로 향했다.

"저기에 있어."

그녀가 바라본 곳. 그녀가 향하는 곳은 바로 벽월검문이 있는 대지였다.


토호의 한편.

아침부터 활기차게 하루를 시작하는 토호에는 괴소문이 돌고 있었다.

새벽잠이 없는 이들 중 몇몇이 무언가 사람이 아닌 천상의 인영을 보았다는 소문이 갑작스레 퍼진 것이었다. 도저히 진정하지 못하고 횡설수설하는 것이 전형적으로 헛것을 본 사람들의 태도였으나, 완전히 헛것을 보았다고 하기에는 그들의 증언에는 무언가 공통으로 부합되는 것이 있었다.

은을 휘날리는 아름다운 소녀.

하지만 그런 소문에 신경 쓰기에는 그들의 생업이 더 무거웠기에 소문은 그저 소문으로 남을 뿐, 결국 사라져 버렸다.

　　　　*　　　　　*　　　　　*

　사방에 흩뿌려져 퍼덕이는 것은 시체와 죽음의 잔향.

　피로 가득한 시체의 산에서 누군가 즐거운 듯 춤을 추고 있었다.

　그곳은 하늘 아래 다시 펼쳐진 지옥의 재래.

　그 지옥을 연 혈마 목유현은 다시없을 극락의 표정으로 양 손 가득 피를 머금고 있었다.


　목유현은 오한을 느끼며 꿈에서 깨어났다.

　가장 먼저 주변을 돌아보았다.

　피는 보이지 않았다.

　아무도 자신을 노리지 않았다.

　살기 위해 죽일 필요가 없었다.

　자신은 혈마가 아니었다.

　지금은 그저 목유현이란 작은 인간 하나일 뿐이었다.

　목유현의 전신은 식은땀으로 가득 차 있었다.

　그 꿈이 너무나도 현실적이었기에, 최근 전혀 꾸지 않던 혈마의 꿈이었기에 더욱 심적인 충격이 컸다.

　"무… 물."

　갑작스레 갈증이 밀어닥쳤다.

　목유현은 침상 옆에 놓여 있던 주전자에 입을 대고 벌컥벌

컥 들이켰다. 너무 기울였는지 물이 흘러넘쳐 턱을 타고 옷을 잔뜩 적셨지만 신경조차 쓰지 않았다.

그저 갑자기 밀려드는 갈증을 해소하는 것이 우선이었다.

그렇게 한 주전자를 다 비우고 나서야 타는 듯한 목마름이 어느 정도 해갈될 수 있었다.

"왜 갑자기 그런 꿈을 꾼 거지?"

무언가 느낌이 좋지 않았다.

목유현은 창문을 열었다. 초겨울의 밤바람이 열린 창문 틈으로 파고들어 왔다.

자고 일어나 쐬기에는 감기 걸리기 딱 좋은 차가운 바람이었지만 어차피 무림인이 감기에 걸릴 일은 원숭이가 나무에서 떨어질 일보다 드물었기에 아무런 상관이 없었다.

"그래도, 쌀쌀하긴 하군."

목유현은 소매를 저미며 피부 위를 노니는 차가운 바람을 느꼈다.

"굳이 신경 쓸 필요는 없겠지."

마라는 여전히 힘을 불려 나가고 있었다.

마라가 핵으로써 그 위치를 분명히 하는 만큼 영겁혈륜의 살의가 전면으로 기어나올 일은 줄어들 뿐이었다. 그리고 지금의 마라는 분명 처음과 비교하여 많은 성장을 이루고 있었다. 이제는 정면으로 마주해도 지지 않을 정도였다.

아직 해가 동편에서 모습을 드러내지 않은 새벽은 어둑어

둑했다.

한마디로 한창 잘 시간이었다는 말과도 같았다.

"하암."

입을 벌려 하품을 하고는 목유현은 비척비척 침상으로 걸어가 다시 잠을 청했다.


"오라버니, 계세요?"

"목 형, 자고 있는가?"

목소하와 백화연은 목유현의 방문 너머에서 문을 두들기고 있었다.

하지만 목유현은 깊게 잠에 빠진 듯 문을 두들기는 소리에도 일어나지 않았다.

"별일이네요."

"그러게."

두 사람은 고개를 갸웃거렸다.

수면 중에도 굉장히 민감한 목유현의 경우, 이렇게 문을 두들기는 데도 잠에서 깨지 않는 일은 무척이나 드물었다.

"어제 무슨 일이라도 있었나요?"

"뇌 대협도 어제는 별일 없었다고 했는데?"

"따로 무슨 피곤할 일이라도 있었나?"

끼익.

문은 잠겨 있지 않았기에 백화연이 슬쩍 미는 것만으로도 수월하게 열렸다.

"들어가도 되려나?"

"뭐… 나쁜 짓을 하려는 것도 아닌데요."

"잠을 깨우는 거, 무지 싫어하잖아."

"그건 그래요."

혈마 때의 기억 탓인지, 별 이유 없이 깨우는 것에 대해 목유현은 무척이나 민감한 반응을 보였다.

대놓고 화를 내지는 않았지만 눈에 띄게 저기압 상태로 있는 것이 보는 사람마저도 불편하게 했기에 웬만하면 그의 수면을 방해하지는 않았다.

하지만 굳이 그럼에도 그녀들이 이리 들어온 까닭은 하인들이 무언가 목격했다는 이야기를 들은 까닭이었다.

두 사람은 목유현의 방을 돌아보며 침상에 누워 있는 목유현에게로 다가갔다.

그는 곤히 잠을 청하고 있었다. 다소 날카로운 기운이 사라진 채 잠든 그의 모습은 평소와는 사뭇 다른 분위기를 풍기고 있었다.

스윽.

목소하의 발이 바닥을 스치며 작은 소음을 내자 목유현의 눈이 꿈틀하더니 이내 눈꺼풀이 들리고 의식이 깨어났다.

"무슨 일이지?"

목유현은 반쯤 몸을 일으키더니 자신 앞에 서 있는 두 여자에게 물었다.

"아, 별일 아니에요. 오라버니."

"좀 괴이한 이야기를 들어서 말이야."

"그게 이 주변을 지나가던 하인 둘이 말이죠."

"새하얀 은빛 그림자가 문파의 담을 넘더니 이쪽으로 사라
져서."

"오라버니의 방 쪽으로 없어졌다고 하더라고요."

"그런고로 혹시나 해서 우리 둘이 와봤다는 거지."

두 사람의 이야기는 대충 이랬다.

목유현은 고개를 끄덕였다.

"하인들이 헛것을 봤나 보군."

"흠… 그런 것치고는 꽤나 진술이 일치해서 말이야."

이야기를 나누는 두 사람을 지켜보던 목소하는 문득 목유
현의 침상에서 알 수 없는 굴곡을 보았다.

그 굴곡은 목유현의 옆에 동그랗고도 입체적으로 나타나
있었다. 백화연이야 당연히 목유현에게 시선이 팔려 그것을
전혀 알아채지 못하는 것 같았다. 그리고 이상하게도 목유현
또한 그에 대한 전혀 아무런 언급이 없었다.

살금살금 목유현의 침상에 다가간 그녀는 획 하고 목유현
이 반쯤 덮고 있는, 그리고 그 굴곡을 가리고 있는 이불을 낚
아챘다.

그리고,

“어?”

“음?”

“아?”

세 사람은 모두 외마디 말을 내뱉고는 굳어버렸다.

목소하가 보았던 굴곡은 동그랗게 몸을 말고 있는 은발의 작은 소녀였기 때문이었다.

“오… 오… 오라버니!”

“목… 목 형, 이게… 이게 어떻게 된 일인가!”

두 사람은 모두 기겁하며 목유현을 쏘아붙였다.

“어… 어?”

목유현 또한 의외의 상황에 전혀 적응하지 못한 상태로 그저 멍하게 앉아 있을 뿐이었다.

“하움.”

가느다랗고 부드러운 긴 은발의 소녀는 동그랗게 몸을 말아 잠을 청하고 있었다. 고른 숨결은 그녀가 숙면을 취하고 있음을 알려주고 있었다.

목소하는 깜짝 놀라며 다시 소녀의 몸 위에 이불을 덮어주었다.

한편, 두 여인의 사고는 정말 맹렬히도 돌아가고 있었다.

그녀들은 뛰어난 머리로 방금까지 있었던 사건의 이야기들을 모두 취합해 보았다.

무언가 스며들 듯 야밤에 나타난 은빛 그림자의 목격담.

그리고 웬만히 피곤하지 않으면 문을 두들겼을 때 일어났어야 할 목유현.

침상에 같이 하고 있는 두 사람.

모든 단서가 조합되고 나니, 두 사람 다 하나의 사고밖에 도출되지 않았다.

"무엇을 생각하는지는 대강 알겠는데 말이야, 일단 내 말을 먼저 들어주지 않겠나?"

"네. 얼마든지요."

"그럼. 일단 해보게나."

두 사람의 말에는 가시가 돋아 있는 것 같았지만 일단 무시했다.

"나는 지금 이 소녀가 누군지 몰라."

"……."

"……."

"거기에 왜 여기 있는지도 몰라."

"……."

"……."

"그러니까 정말 맹세코 아무것도 모르겠다고."

목유현의 필사적인 변명에도 두 사람의 싸늘한 눈길은 조금도 가시지 않았다.

그리고 덤으로.

"목 소협, 좋은 아침이에요."

갑자기 들어온 서예소조차 이 상황을 보고는 그대로 굳어버리고는 석상이 되어버렸다.


목유현은 삼 인의 여성에게 둘러싸여 취조를 받고 있었다.

워낙 상황 증거가 확실했기에 목유현의 말은 번번이 묵살될 뿐이었다.

"아니, 내가 거짓말을 할 이유는 없잖아. 정말 모르는 사람이고, 아무런 일도 없었다니까."

하긴 세 여성 또한 머리가 식어가며 사고가 좀 더 유연해질수록 무언가 이상한 점을 느끼고 있었다.

목유현의 말대로 정말 아는 이라면 저렇게 필사적으로 모르는 이라고 우길 이유도 없었거니와 소녀가 침상에 누워 있는 모양새가 같이 누운 것이라기보다는 몰래 숨어 들어온 모양새에 더욱 가까웠던 것, 그리고 뒤처리가 이루어지지 않았음에도 비교적 깔끔한 침상의 상황을 종합해 보면 목유현의 말에 확실히 무게가 실리는 것이었다.

하지만 호의적으로 돌아가던 여론은,

"하음."

잠에서 깨어난 소녀가 이불을 전신에 두른 채 반쯤 뜬 눈으로 주변을 두리번두리번 거리다 목유현을 발견, 가볍게 몸을 날려 그에게 안김과 동시에 다시 박살 나버렸다.

소녀는 목유현에게 찰싹 달라붙어 조금도 떨어지려 하지
않았다.

"이름이 뭐니?"

"어디서 왔니?"

"여긴 어떻게?"

세 사람이 각각 물음을 던져 보았으나 아무런 관심조차 주
지 않았다.

소녀의 시선은 오로지 목유현에게만 향해 있었다.

한편, 목유현은 무언가 인외적인 아름다움을 풍기는 그녀
의 외향에서 이상할 정도의 기시감을 느끼고 있었다.

분명 소녀에게서 풍기는 존재감은 어디선가 느껴본 기억
이 있었다.

'혈마 때인가? 아니, 분명 이곳으로 돌아와서다.'

저런 이를 한 번이라도 보면 도저히 잊어버릴 리가 없었다.

소하의 시선이 흘깃 목유현에게로 향했다.

그가 물어보라는 의미였다.

"어디서 왔지?"

소녀는 고개를 가로저었다.

"기억나지 않아."

"그럼 나를 어떻게 알고 있지?"

"향기."

"음?"

“향기가 나를 이끌었어.”

소녀의 목소리는 방울을 굴리는 것처럼 마음을 낚아채는 묘한 울림을 가지고 있었다.

목유현은 몇 가지를 더 물어보았지만 소녀는 고개를 가로저을 뿐 더 이상 답하지 않았다.


령의 존재는 금세 벽월검문 최고의 화제가 되었다.

은이라는 개념을 그대로 인형으로 만들어놓은 듯한 인간 외적인 분위기는 문파 사람들의 시선을 모두 사로잡는 데 충분했다.

거기에 목유현만을 따라다니고, 목유현만의 말에 답하는 그녀의 존재는 뭐라고 할까? 정말 훌륭한 화젯거리였다.

목유현 또한 령이 붙어다니는 것에 별다른 불만을 표시하지 않았기에 그녀는 아무런 문제 없이 목유현 옆에 딱 달라붙어 있었다.

물론 백화연과 서예소는 그렇게 생각하지 않는 것 같았지만. 그녀들은 감시라는 명목으로 툭 하면 목유현에게로 오곤 했다.


목유현은 산 뒤에서 팔을 베고 누워 있었다.

그 옆에는 령이 목유현을 흉내 낸 자세로 똑같이 누워 있었다.

‘솔직히 조금 많이 귀찮기는 하지만.’

그가 가는 곳이면 어디든 따라오는 령의 존재는 솔직히 조금 귀찮았다. 아니, 화장실까지 따라오려 하는 그녀를 막아 세우는 것은 보통 일이 아니었다.

뭐라고 할까, 령은 외모만큼이나 사회에서도 동 떨어진 존재였다. 인간이라 생각되게 하는 것은 외적인 형태뿐, 무언가 비인간적인 느낌을 물씬 풍기고 있었다.

‘그래도 말이야.’

목유현이 령을 떨쳐 내지 않는 것은 그녀와 가까이 있을 때 느껴지는 알 수 없는 친숙감 때문이었다. 그녀가 곁에 있으면 무언가 표현하기 힘든 편안한 느낌이 들곤 했다.

문득 코끝을 무언가가 간지럽게 했다. 바람에 날리는 령의 머리카락이었다. 신기하기 짝이 없는 은색 머리카락이 바람에 흩날리는 모습은 정말 특이하고도 아름다웠다.

그렇게 기묘한 두 사람의 동거가 시작되었다.


목유현과 목소하, 백화연과 서예소, 그리고 목유현의 뒤에 찰싹 달라붙어 있는 령까지 모두 다섯 명은 나란히 산으로 올라갔다.

백화연이 날이 너무 맑고 좋다 하여 소풍을 제안한 것이었다.

물론 겨울인만큼 다소 쌀쌀하긴 했지만 그녀가 소풍을 제안한 것이 이상하지 않을 정도로 하늘은 맑고 푸르렀다.

다섯 사람은 문파 뒤의 산으로 느긋하게 걸어갔다.

령은 어느샌가 거의 목유현에 딸린 배경에 가까울 그와 동화되어 있었다.

그에게 너무 찰싹 달라붙는다고 연신 투덜거리던 백화연과 서예소도 도저히 령과 의사소통이 되지 않자 한숨을 푹 하고 내쉬더니 언제부턴가는 포기해 버린 상태처럼 보였다.

"아, 정말 날씨 좋네."

자리를 깔고 앉은 백화연이 자신의 선택을 자화자찬하며 슬며시 웃음을 머금었다.

"정말 그래요, 언니. 진현 오라버니와 소호와 소우도 같이 왔으면 좋았을 건데."

세 사람은 모두 정해진 수련 시간을 지키느라 정신이 없었기에 이 일행에 끼지 못했다.

하늘 높이 솟은 거목 밑에 커다란 자리를 깔고 앉은 여인들은 저마다의 화제를 꺼내며 즐겁게 대화를 하기 시작했다.

"그나저나 목 소협, 대사형이 언제 올 거냐고 서신을 보내왔어요."

"그렇군."

"가실 의향이 있다면 제가 언제라도 안내해 드릴게요."

"알았어."

사천에 있는 청성은 너무나도 멀었기에 목유현은 건성으

로 답했다.

서예소 또한 그런 마음을 모르는 것이 아니었기 때문에 그다지 기대하고 있는 것 같지도 않아 보였다.

"목 형, 그러고 보니 이쪽도 자네가 준 열매를 이용한 약이 완성되었다고 하는군. 동생의 병문안을 가려 하는데 같이 한번 성수백가에 가볼 생각 없나? 목 형의 이야기를 들어보니 동생과 일면식이 있는 것 같아서 말일세."

"흐음……."

백화연의 동생과의 인연은 어디까지나 과거의 일이었다. 그리고 그녀에게 졌던 빚 또한 갚았으니 이제 와서는 굳이 신경 쓸 이유는 없었다.

"내키지 않으면 상관없네."

"…아아."

"오라버니, 뇌 아저씨가 요즘 무척 심심해하시던데요."

"……."

그러고 보니 요 근래 뇌천패와의 비무를 거의 거르고 있었다. 그 또한 소하와 있는 것이 썩 즐거웠던 것인지 목유현에게 잘 찾아오지 않았다.

"뭐… 알아서 하겠지."

문득 목유현의 시선이 자신의 등에 기대 조용히 무릎을 껴안고 앉아 있는 령에게로 향했다.

그녀는 대화에 끼지도 않은 채 아주 조용하게 목유현의 체

온에 기댄 채 동상처럼 앉아 있었다.

'아!'

문득 목유현은 그녀로부터 느꼈던 기시감이 어디로부터 연유한 것인지 알아챌 수 있었다.

'절혼주!'

분명 서예소의 일을 도울 때 절혼주가 담겨 있다는 관에서 느껴지던 그 미묘한 느낌이었다. 아직 마라가 이루어지기 전에 영겹혈륜에 닿았던 그 기묘한 느낌이 여러 가지 사건에 밀려 기억 속에 잠시 묻혀 있었던 것이었다.

그러고 보면 서예소 또한 그에게 말한 적이 있었다.

청룡문으로 절혼관을 옮겼지만 어느새 그 내용물이 감쪽같이 사라지고 말았더라고. 아마도 그의 예상이 맞는다면 관 안에 있었던 것은 절혼주가 아닌 령이었을 것이다.

그렇다고 한들 여전히 왜 자신을 따라다니는지는 알 수 없었지만.

'절혼관은 극무련의 무기였지.'

목유현은 잠시 생각에 잠겼다.

그렇다면 령 또한 극무련에 관계된 이일 수도 있었다.

극무련이 일으킨 오십 년 전의 혈사로 극무련에 대한 사람들의 반응은 옛날에 강호제패를 외치며 궐기했던 마교를 보는 것과 그리 다르지 않았다.

'하긴 나랑은 그다지 상관없는 일이지.'

목유현은 극무련과 어떤 원한관계도 없었기에 그다지 상관은 없었다.

물론 따지고 들어가면 가문이 몰락하게 된 원인 중 하나가 오십 년 전 극무련과의 전투에 참가한 그의 조상이 전투 도중 사망하여 무공이 유실된 것이 있기는 했다. 하지만 이제 와서는 어찌 되었든 그다지 상관없는 일이었다.

문득 궁금해졌다.

왜 그녀는 자신을 따라다니는 것인가?

령은 멀리서 목유현의 향기를 따라 찾아왔다고 했다. 목유현의 예상이 맞는다면 청룡문이 있는 광서에서부터 벽월검문이 있는 강서까지 거의 강호의 반을 가로질러 온 것이었다.

도대체 자신에게 어떤 이유가 존재하기에 그녀가 그런 먼 길을 찾아온 것인지 목유현은 무척이나 궁금했다.

령에게 물어보기도 했으나 그녀는 잘 모르겠다며 고개만 저을 뿐이었다.


"서 언니, 관철 오라버니에 듣기로 언니의 검무가 그리 멋지다고 하는데 한 번 볼 수 있을까요?"

"…얼마든지."

서예소는 잠시 생각에 잠기더니 이내 고개를 끄덕였다.

서예소는 일어나 허리춤에 매달아놓은 검을 뽑아 들었다.

무공을 전혀 익히지 않은 목소하는 만약의 사태에 대비해 목유현의 옆으로 자리를 옮겼다.

"그럼 부족한 재주나마."

서예소는 검을 역수로 쥐며 일행에게 포권의 예를 취했다.

그리고는 다시금 검을 제대로 돌려 쥐고는 느긋하게 검을 앞을 뻗었다.

청성의 절기 칠십이파검으로 그려내는 그녀의 검무는 한 편의 극을 보는 듯 아름다웠다.

넘실거리는 파도는 서예소가 내딛는 사뿐한 발걸음과 우아한 검로에 따라 연신 그 모습을 바꾸어가며 넘실넘실 사방에 넘쳐흘렀다.

잔잔한 물결이 출렁이고 이내 거대한 대양을 압도하는 파도를 그려내는 그녀의 검무는 꽃처럼 고운 외모와 조화를 이루어 지나가는 새들의 시선조차 잡아끌어 같이 지저귀게 할 정도로 고혹적이고 매혹적이었다.

마지막 파도를 그린 서예소의 검이 멈추었다. 검무가 끝난 것이었다.

납검 전 그녀는 다시 일행에게 포권의 예를 취하며 검무가 끝났음을 알려주었다.

"와~"

목소하는 서예소의 검무를 몽롱한 눈으로 바라보고 있었다.

"너무 아름다워요."

"고마워."

서예소는 그녀를 향해 살짝 미소를 지어주었다.

그때였다.

목유현의 등 뒤에서 잠자코 앉아 있던 령이 갑자기 벌떡 하고 몸을 일으켰다.

"응?"

목유현은 갑작스런 령의 움직임에 고개를 돌려 그녀를 바라보았다.

령은 무기질한 눈동자로 일행을 바라보다 이윽고 발을 놀리며 무언가를 그려냈다.

아름다운 발놀림, 우아한 검로, 눈길을 붙잡고 마음을 사로잡는 검의 춤.

무공에 재능이 없는 목소하는 다시금 펼쳐지는 검무에 탄성을 질렀지만 다른 이들은 전혀 그러지 못했다.

백화연은 어떻게라는 얼굴로 이마를 찌푸렸고, 서예소는 말도 안 된다는 듯 멍하게 령의 검무를 바라보고 있었다.

그리고 목유현은 떠오르는 기억의 파편이 알려주는 소식에 그저 혼란을 감추지 못하고 있었다.

령이 그려내고 있는 것은 칠십이파검의 검로를 이용한 검무였다.

혹시라도 방금 서예소의 것을 보지 못했다면 청성과 연이 닿았을 수 있다고도 생각할 수 있겠지만, 령의 것은 서예소와

완전히 같은 형식의 춤을 그려내고 있었다. 한마디로 서예소
의 것을 그대로 흉내 내고 있는 것이었다.

그럼에도 서예소가 경악하는 것은 그 검무 속에 칠십이파
검의 검리가 고스란히 녹아 있음은 물론이요, 그녀보다도
더 깔끔하게 그 검리를 검무 속에 녹여내고 있기 때문이었
다.

그리고 목유현이 놀란 이유는 령에게서 느꼈던 기시감의
진짜 정체를 떠올렸기 때문이었다.


과거 목유현이 영겁혈륜을 익혀 혈마가 되기 전 무렵에는
커다란 사건 하나가 일어났었다.

마후(魔后)의 출현이었다.

그녀를 잡기 위해 많은 이들이 목숨을 바쳤고 오천에 달하
는 이들이 차륜전을 펼쳐 결국 그녀의 목숨을 빼앗을 수 있었
다.

목유현은 그 마후를 한 번도 보진 못했지만 그 특징만은 기
억하고 있었다.

십육 세가량의 어린 소녀의 모습.

현세의 것이 아닌 것 같은 은색의 머리.

눈으로 본 모든 무공을 그대로 재현해 내는 저주받은 재능.

물론 그녀는 정말 마인의 삶을 살았던 목유현과는 달리 강
호의 특수성 때문에 마인으로 몰려 죽음을 맞이한 것이었다.

강호에서 가장 중요시 여기는 것은 문파의 비전에 대한 전수와 비밀에 대한 엄수였다.

이 두 가지를 위해 대다수의 강호인은 목숨조차도 쉬이 바칠 각오가 되어 있었다.

그런 목숨보다 소중한 비전이 그녀 앞에 펼치는 것만으로 유출된다는 사실은 그녀를 강호의 공적으로 몰리게 하기에 너무나도 충분한 일이었다.

강호의 여론을 조종하는 구대문파에서도 그녀에 빼앗겼다 주장하는 무공이 부지기수였으니, 그녀가 마후로 몰리는 것은 그야말로 순식간이었다.

이건 다른 생각의 여지가 없었다.

눈앞에 보이는 령이 몇 년 후 마후라고 불리는 강호의 공적이 되는 것이었다.

목유현은 앗 하고 무언가를 떠올리며 서예소를 바라보았다.

서예소의 표정은 무척이나 어두웠다.

그녀는 인식하고 있었다.

자신의 검이, 아니, 문파의 절기가 령에게 유출되었음을.

이건 쉬이 넘어갈 문제가 아니었다. 장로들이 여기에 있었다면 당장 칼부림이 날 수도 있는 문제였던 것이다.

"잠깐."

목유현이 서예소에게 다가갔다.

"미안하지만 못 본 척 넘어가 줄 수는 없겠나?"

"저만의 문제가 아니에요."

그랬다.

그녀만의 문제가 아니라 그녀가 몸담은 청성 전체의 문제이기도 했다.

"다른 이들에게 절대 넘어가지 않도록, 내 이름을 걸고 보장하지."

서예소는 목유현의 말에 잠시 이마를 찌푸렸다.

그리고는 한참을 생각하더니 고개를 끄덕였다.

"목 소협이 그리 말하신다면 어쩔 수 없죠. 하지만 제가 아닌 다른 이라면 아마 이런 식으로 해결되지 않을 거예요."

"그렇겠지."

목유현은 난감한 얼굴로 고개를 끄덕였다.

소풍은 그대로 끝났다. 흥을 돋우기 위해 시작했던 검무가 예상외의 사건을 일으키면서 분위기가 식어버렸기 때문이었다.


얼마 후 언제나 그의 옆을 떠들썩하게 하던 백화연과 서예소는 잠시 벽월검문을 떠났다.

백화연은 동생의 상세가 나아졌다는 소식을 받고는 잠시 동생을 보고 오겠다며 떠났고, 서예소 또한 문파에 작은 변고가 생겼다는 소식을 받고는 청성으로 길을 떠났다.

　언니 동생으로 매우 친밀하게 지내던 두 사람이 잠시 문파를 떠나자 목소하는 무척이나 쓸쓸해했다.
　뇌천패 또한 자신의 사제가 찾는다 하여 떠난 상태였다.
　언제나 떠들썩하던 이들이 없으니 목유현도 다소 쓸쓸함을 느끼고 있었다.
　주변의 상황에 아무런 신경조차 쓰지 않는 령은 여전히 목유현의 옆에 붙어다닐 뿐이었다.

　꿈을 꾸었다.
　아니, 정확히는 꿈속에 있었다.
　주변은 시체로 가득 차 있었다.
　피와 살이 썩어가는 냄새와 질척거리는 피의 강이 발을 감싸며 흐르고 있었고, 쓰레기처럼 굴러다니는 해골들 위로 검은 새들이 내려앉아 해골에 들러붙은 고기 조각을 쪼아 먹고 있었다.
　목유현은 아무런 감흥도 없이 그 시체의 산 위에 서서 하늘을 바라보고 있었다.
　주변에 펼쳐진 지옥도는 정말 사람이라면 두 눈을 뜨고 볼 수 없을 정도로 참혹하기 짝이 없었지만, 정작 꿈속의 목유현에게는 해당되지 않는 것 같았다.
　어쩌면 당연했다.
　이 지옥도를 만든 것은 꿈속의 목유현이었으니까.

꿈속의 목유현, 혈마가 그를 보고 싱긋 미소 지었다.


"헉!"
목유현은 악몽에서 깨어났다.
전신은 땀으로 범벅이 되어 있었다.
이상하게 요 근래 들어서 악몽을 꾸는 횟수가 점점 늘어가고 있었다.
거기에 가끔이나마 말을 걸어오던 마라조차 아무런 말도 하지 않은 것도 거의 보름 가까이 되어가고 있었다.
형언할 수 없는 불길한 느낌에 목유현은 자신도 모르게 몸을 떨고 있었다.
그때 어깨를 붙잡아주는 것은 가녀린 양손이었다.
령은 마치 목유현을 달래듯 어깨를 가볍게 토닥여 주었다.
령의 가벼운 손길이 스쳤을 뿐인데 목유현은 더 이상 불안감이 느껴지지 않았다. 불길함도 어느새 멀어져 있었다.
목유현은 급속도로 마음이 안정되어 감을 느꼈다.
그리고는 이내 다시 잠에 빠져들었다.
목유현이 잠든 것을 확인한 령은 다시 슬금슬금 목유현에게로 다가가 그의 등에 기대 잠을 청했다.
얼마 지나지 않아 방에는 두 사람의 규칙적인 낮은 호흡 소리만이 가득할 뿐이었다.

그러던 어느 날, 목유현은 문득 궁금한 점 하나를 떠올렸다.

령이 마후로 불렸던 가장 큰 원인.

눈으로 본 무공의 복제.

그렇다면 자신의 마라에 대해서는 어떻게 반응할까? 갑자기 솟아난 그 의문을 령에게 물어보았다.

"불가능해."

령은 고개를 저었다.

목유현은 당연한 것을 듣는 것처럼 그녀의 말을 수긍했다. 확실히 그녀의 눈으로도 마라는 복제할 수 없었다. 눈으로 본 모든 무공을 복제할 수 있다는 그녀조차도 불가능한 것이었다. 마라, 아니, 영겁혈륜은 역시 일반적인 무공의 상리와는 완전히 궤를 달리하는 무언가였다.

그리고는 령이 말을 덧붙였다.

"영겁혈륜도 지금 그것도 따라할 수는 없어."

"…잠깐!"

목유현은 자신의 귀를 의심했다.

"방금 뭐라고 했지?"

"영겁혈륜도 지금 그것도 따라할 수는 없어."

"영겁혈륜? 영겁혈륜을 어떻게 아는 거지?"

목유현은 과거로 돌아오고 나서 처음으로 다른 이의 입에서 영겁혈륜의 존재가 언급되는 것을 목격했다.

령은 표정 하나 바뀌지 않은 얼굴로 목유현을 바라보더니
이내 입을 열었다.

"영겁혈륜을 만든 사람, 나를 이렇게 만든 사람, 같은 사람
이야."

령은 평소와 같이 지극히 담담한 어조로 말했다.

하지만 누군가를 언급하는 그녀의 목소리는 아주 약간이
나마 평소와는 다른 울림을 담고 있었다. 그러나 목유현은 다
른 곳에 정신이 팔려 있었기에 그 울림을 전혀 눈치채지 못하
고 있었다.

목유현의 뇌리에 과거 꿈결 속에서 영겁혈륜을 건네준 노
인의 모습이 떠올랐다.

땅바닥에 닿을 듯 말 듯 늘어져 있는 하얀 수염, 말 그대로
신선과 같은 풍채의 노인의 모습이 기억의 수면 위로 떠올랐
다.

"너를 만들어?"

령은 고개를 저었다.

"정확한 것은 몰라. 기억에는 그것밖에 남아 있지 않아."

과거에는 전혀 알지 못했던 영겁혈륜에 대한 단서가 생각
지도 못한 곳에서 흘러나오고 있었다.

여러 가지를 더 물어보았으나 령은 모르겠다는 말만을 반
복할 뿐 더 이상의 것을 알아내지는 못했다.

그날 밤, 목유현은 또다시 꿈을 꾸었다.

그날의 꿈은 평상시와는 명백하게 달랐다.

한때 인간이라 불렸던 고깃덩어리의 산이 난립하고 그 위를 피의 강이 흐르고 그 강 위에 돛단배마냥 뗏조각들이 떠다니는 그런 지옥도가 아니었다.

커다란 산이 중앙에 자리하고 있었고, 양쪽으로는 향긋한 향을 뿌리는 복숭아꽃이 만발하고 있었다. 걸음걸음 거리 모두 복숭아꽃이 서로 손을 잡고 춤을 추는 듯 휘날리고 있었다.

말로만 듣던 신선이 사는 도원경의 모습을 보는 것 같았다.

그리고 그 한가운데에는 과거 목유현에게 영겁혈륜을 주었던 노신선을 연상케 하는 노인이 우두커니 서 있었다.

"흠? 내가 보이나?"

그는 목유현이 자신을 보는 것이 무척이나 신기한 듯 호기심 어린 표정으로 물었다.

목유현은 고개를 끄덕였다.

"호오, 그러고 보니 자네에게서 느껴지는 것은 나에게서 발원한 것이로군."

그는 목유현의 가슴 곁 마라가 머무는 공간을 바라보며 중얼거렸다.

"호오, 이걸 이렇게 바꾸었군, 살의가 핵이 되는 구조를 바꾸어 전체의 성질에 변화를 일으켰군. 이거 꽤나 흥미가 돋는데.”

실로 고풍스러운 도포에 허리에 닿을 정도의 새하얀 수염을  기른 노인은 목유현의 반응을 전혀 아랑곳하지 않은 채 마라를 관찰하고 있었다.

“안정성은 올라갔으나 효율이 극히 떨어졌군.”

그는 마치 모든 것을 파악한 것 마냥 마라의 변화점을 짚어냈다.

목유현은 그런 그에게 묻고 싶은 것이 산더미같이 쌓여 있었으나 이상하게도 입이 열리지 않았다.

마치 그가 허락하지 않았기에 말을 할 수 없는 것처럼 말이다.

“큭. 이렇게 바뀌어서야 의미가 없지. 영겁혈륜을 만든 목적은 최단 시간에 그 효율을 시험해 보기 위해서이니.”

“……”

노인은 아무 말 없이 석상처럼 서 있는 목유현을 바라보다 문득 무언가를 깨달은 것 마냥 박수를 쳤다.

“아아… 그러고 보니 소개가 늦었군. 나는 일선문의 십이 대 장문인 선진자라고 하네. 알다시피 자네가 익힌 영겁혈륜을 만든 이이기도 하지.”

“……”

“자네의 소개는 필요없네. 이미 다 알고 있으니 말이야.”

노인은 흥미가 다했다는 얼굴로 목유현으로부터 물러났다.

“어째서 이렇게 만나게 되었는지 궁금하다는 얼굴이로군.”

“…….”

“복잡하게와 간단하게 중 어떤 것이 좋은가?”

그는 목유현이 대답을 하지 못하는 것을 알면서도 계속 물음을 던지고 있었다.

“그럼 간단하게 설명해 주지. 나는 죽음을 맞이하기 전 내 영혼 중 일부를 작은 그릇에 옮겨 담았다네. 그 그릇이 바로 자네가 만났던 령일세. 뭐 일부밖에 담기지 않았기에 그 존재를 세상에 고정시키는 것조차 힘에 겨운 일이지만 말이야. 한마디로 그녀에게 나의 존재를 떠올리게 하고 자네가 나의 존재를 세상에 고착화시켜 줌으로써 이렇게 모자란 영혼의 조각만으로도 세상에 구현화될 수 있는 것이지. 물론 기껏 해봐야 꿈 정도 불과하지만 말이야.”

“…….”

“덧붙이자면 령에게 딸린 능력들은 그녀의 그릇을 위해 만들어놓은 것이지. 그릇은 그에 합당한 격이 있어야 하거든. 아, 그리고 복제가 아니네. 원형을 재현하는 거지. 사람들이 눈이 없어 두 가지를 착각하기도 하더군. 큭큭.”

선진자는 무엇이 우스운지 낮은 웃음을 내뱉었다.

목유현은 홀로 이야기하는 그의 눈을 있는 힘껏 노려보았다.

선진자는 목유현의 생각을 읽은 것 마냥 웃음을 머금었다.

"내가 왜 자네의 입을 막았냐 하면 물론 귀찮아서지. 답해 주는 것도 은근히 귀찮은 일이거든."

선진자는 목유현의 전신을 훑어보는 중 다시 시선을 끄는 것을 찾았는지 고개를 가까이해 그것을 바라보았다.

그가 바라보고 있는 것은 고개를 가까이해 보지 않으면 거의 보이지도 않은 정도로 얇은 흉터였다.

얇고 거의 보이지는 않지만 목유현의 상체를 왼 어깨부터 오른 허리까지 사선으로 가로지를 정도로 길었다.

"이건 영혼에 새겨진 흉터로군."

선진자의 손이 그 흉터에 닿았다. 그는 무엇이 흥미로운지 흉터를 만지작거렸다.

"흥. 이건 그놈의 솜씨인가?"

선진자는 무언가를 알아챈 듯 코웃음을 쳤다.

"일독을 만났군."

"……!"

"이런 영혼에 새겨지는 검흔은 그놈이 아니고서야 만들 이가 있을 리는 없지."

"……."

"빌어먹을 제자놈이 사부의 연구를 도와주지는 못할망정 훼방을 놓다니."

그리고는 더 놀랄 만한 이야기가 그에게서 흘러나왔다.

강호에서 가장 수수께끼에 싸인 무인의 사문이 밝혀지는 순간이었다.

"솔직히 말하자면 네놈이 전의 생에서 영겁혈륜으로 쌓았던 악의 업은 능히 신선에 달할 정도였지. 조금만 더 있었다면 더 높은 존재에 달할 수도 있었을 것을."

그는 못내 아쉬운 듯 보였다.

선진자는 영겁혈륜을 통해 자신의 생각을 증명하려 했던 것 같았다.

"자네, 혹시 영겁혈륜이 어떻게 만들어진 건지 궁금하지 않는가?"

목유현은 대답할 수 없었지만 알고 싶다, 가르쳐 달라, 그렇게 생각했다.

"좋아. 가르쳐 주도록 하지."

그는 생각을 알아챈 것 마냥 고개를 끄덕였다.

"영겁혈륜은 영물 중 천혈고를 보고 구상한 장치이지. 천혈고는 천 명의 동족을 잡아먹고 영성을 얻는 고(蠱)다. 벌레가 되는 것을 사람이라고 이루지 못할 리는 없겠지. 그래서 그 장치를 만들어놓은 것이 영겁혈륜이다. 사람을 무한히 잡아먹어 더 높은 격에 다다르게 하는 장치지."

선진자는 멀쩡한 얼굴로 미친 소리를 내뱉고 있었다. 목유현은 그저 얼이 빠진 얼굴로 그 미친 소리를 마주하고 있었다.

그런 그의 생각을 눈치챈 듯 선진자는 쓴웃음을 내뱉었다.

"하긴 그때의 나는 젊었고, 조금 철이 없었지. 일단 만들기는 했지만 그 적성에 맞는 이는 좀처럼 찾을 수가 없어, 골방에서 먼지만을 쌓다가 자네라는 걸출한 적성자를 만나게 된 거지."

실제로 목유현은 과거 선진자의 의도에 제대로 부합하여 그 실험이 닿고자 하는 직전까지 다가갔었다.

다행히 그 껍질을 벗고 더 높은 악으로 다가가려는 살의를 일독이 베어 사라지게 한 덕분에 인세에 다시없을 악이 강림하는 것은 막을 수 있었다.

"살의를 베어버린다라. 실로 정확한 검 솜씨로군. 실체를 가진 물건으로 실체를 가지지 못한 격을 베어내다니. 역시 내 제자라고 해야 하나."

선진자는 일독의 검이 혈마의 마성을 베어낸 것을 알아차리며 중얼거렸다.

"하긴 그놈은 내 실험체 중 가장 제대로 된 놈이니까."

그 말을 듣자 그때 목유현의 뇌리에서는 떠오르는 것이 있었다.

과거 영겁혈륜의 마성에 빠져 끝없는 악의 업을 쌓고 있었던 날, 그는 어느 절벽의 끄트머리에서 일독과 마주했다.

그는 목유현을 처음 봤음에도 마치 오랜 친구를 보는 것처럼 목유현을 바라보고 있었다. 아마 그것은 같은 뿌리에서 나온 동질감의 일부였을 것이라 목유현은 생각했다.

"흐음… 이제 슬슬 제한시간이 다 되어가는군. 나는 이만 가보도록 하겠네."

선진자는 새하얀 수염을 쓰다듬으며 너털웃음을 터뜨렸다.

"하고 싶은 말만 하고 돌아간다 하여 원망스러운 눈으로 바라보지는 말게나. 세상의 이치가 어디 자기 마음대로 흘러갈 수 있겠는가? 그럴 땐 그러려니 하는 게 답일세."

"……."

"자네가 나를 보게 된 가장 큰 원인은 자네 가슴에 있는 갈망 때문일세. 더 나은 것을 위한 갈망 말일세. 자신이 바꾸어 놓은 영겁혈륜의 변형만으로는 부족하다고, 스스로가 느끼는 것이지. 그 갈망은 영혼의 갈증과도 같아 자네를 갉아 먹을 걸세."

"……."

"그것만으로는 부족하지. 그 자체로도 자아를 가지고 있지만 요 근래에는 그 자아마저도 약해졌을 터이겠지."

마라의 힘은 그대로 쓸 수 있어도 마라의 목소리가 들리지 않았던 것조차 그는 알고 있는 것 같았다.

"자네가 품고 있는 모든 궁금증의 답은 일독을 만나면 해결할 수 있을 것이야. 과거 자네가 가진 가장 큰 고민을 그가 해결해 준 것처럼 말이지. 극무련을 찾도록 하게. 그럼 자연스레 그와 다시 조우할 수 있을 것이야."

마지막 웃음을 터뜨리고는 선진자는 사라져 버렸다.


그리고 그 순간, 목유현은 잠에서 깨어나 일어날 수 있었다.

마치 현실처럼, 방금 있었던 일처럼 선진자와의 일이 아주 생생하게 떠올랐다.

옆을 바라보니 령이 그의 등에 몸을 묻은 채로 새액새액 규칙적인 호흡으로 잠을 청하고 있었다.

목유현은 그와의 대화로 인해 왜 령이 자신에게 달라붙어 떨어지지 않는지 알 수 있었다. 선진자가 직접 말하지는 않았지만 대강 유추가 가능한 것이었다.

아마도 영겁혈륜과 영혼에 배어 있는 선진자의 향기가, 주인의 족쇄가 그녀의 영혼을 옭아매고 있는 것이리라.

령이 목유현에게 붙어 떨어지지 않는 것은 애정의 증거가 아니라 속박되어 벗어날 수 없는 결과의 모습이었던 것이었다.


선진자는 다시는 꿈에 나타나지 않았다.

여러 가지 답과 의문을 남긴 채 그는 사라져 버렸다.

그 꿈을 꾸고 나서도 목유현의 일상은 크게 변하지 않았다.

마라의 수련을 지속하며 소호와 소우의 수련을 돌봐주었

고, 가끔 동생의 상대 또한 해주었다.

하지만 무언가 부족한 느낌을 지울 수가 없었다.

목이 타는 것이 아닌 영혼이 타는 듯한 갈증이 느껴지곤 했다.

그럴 때마다 목유현은 꿈에서 보았던 선진자의 말이 떠올랐다.


"자네가 나를 보게 된 가장 큰 원인은 자네 가슴에 있는 갈망 때문일세. 더 나은 것을 위한 갈망 말일세. 자신이 바꾸어놓은 영겁 혈륜의 변형만으로는 부족하다고, 스스로가 느끼는 것이지. 그 갈망은 영혼의 갈증과도 같아 자네를 갉아 먹을 걸세."


그는 더 나아고 싶거든 일독을 찾으라고 했다.

목유현은 자신이 그만큼 강해지는 순간까지 그를 찾지 않으려 했다.

하지만 이 순간 목유현은 깨달을 수 있었다.

자격이 없다 홀로 판단하며 뒤로 미루는 순간, 이미 자신은 정체되고 있었다는 것을. 그리고 안주하고 싶다고 여기고 있었다는 것을.


목유현은 가족에게 인사를 건네고, 아버지에게 소호와 소우의 가르침을 맡긴 후 집을 나섰다.

그의 뒤에는 그림자마냥 령이 따르고 있었다.

선진자는 일독을 찾고 싶거든 먼저 극무련을 찾으라고 했다.

목유현은 잠시 궁리하다 이내 생각을 정리하고 걸음을 옮겼다.

목유현이 가장 쉽게 얻을 수 있는 정보의 창구는 백화연을 통한 것이었다. 그렇다면 그녀가 있는 성수백가로 가자.

목유현은 다시 그렇게 무림으로 나섰다.

結

　　고요한 어둠이 자작하게 깊어가는 밤하늘 아래에는 마치 어머니 뱃속 태아가 느낄 법한 차분한 정적이 흐르고 있었다.
　　그리고 둥글고 누런 보름달 아래에는 달의 모습을 그대로 담아놓은 작은 연못과 멋스럽고 운치가 가득한 정자가 있었다.
　　어딘가의 정원일까?
　　정원의 구석구석 녹아들어 있는 장인의 손길은 어둠 속에서도 그 고풍스러움이 빛바래지 않게 했다.
　　고요한 밤하늘 아래 달을 담은 연못을 벗 삼아 어우러진 정원은 마치 신선이 살 법한 착각을 느끼게 할 정도였다.
　　드륵.

바퀴 달린 무언가가 고요한 정적을 가르며 정원을 나아가고 있었다. 침상 정도의 크기에 오리털을 가득 채워 보기만 해도 포근한 요가 깔려 있는 무언가의 정체는 각 모서리에 네 바퀴가 달려 있는 사륜거였다.

"별이 참 밝구나. 별들이 제각각 총명한 빛을 발하면서도 잔잔하게 갈무리하며 스스로를 굽히니 그 자리가 바르고 보기가 좋구나."

"그렇습니다."

사륜거에 한가로이 한 팔을 베고 누워 있는 장년의 남자가 먼저 입을 열었고, 사륜거를 밀고 있는 청년이 그 말에 답했다.

일월(日月), 오성(五星), 이십팔수(二十八宿)에 관한 모든 현상(現象), 천기를 읽어내고 있는 것이었다. 그리고 그가 읽어낸 천기는 그들이 진행하는 일이 매우 순탄하게 돌아간다는 것을 알려주고 있었다.

자신의 주인이 한 점이라도 불편함을 느끼지 않도록 온갖 정성을 다해 사륜거를 다루고 있는 청년은 주인의 말을 조금도 의심하지 않았다.

자신의 주인이 언제나 그 두 눈을 짙은 흑색의 안대로 가리고 있다는 사실을 알고 있어도 그 믿음은 조금도 흐트러지지 않았다.

그의 주인은 두 눈을 감고도 천하를 굽어 살필 수 있는 사람이었다. 아니, 사람이라는 굴레에 그를 포함시키는 것 자체가 주인에 대한 무례로 느껴질 정도였다.

"낙수(落首)는 돌아왔느냐?"

"명하신 것을 완수하고 오늘 돌아왔습니다."

"그렇구나."

사륜거 위의 손이 까닥 하고 정자 쪽을 가리켰다.

사륜거를 밀고 있는 청년, 광절(光絕)은 주인의 의중에 따라 사륜거를 조심스레 그곳으로 인도했다.

광절의 마음속에는 하나의 의문이 있었다.

그의 주인은 어찌하여 낙수에게 그냥 돌아올 것을 명한 것인가? 낙수가 주인에게 명받은 것은 그들의 대계에 있어 가장 중요한 것 중 하나를 찾는 것이었다.

낙수는 천지를 굽어보는 주인의 인도에 따라 광서의 대지에서 그것을 찾아냈다. 하지만 거기서 주인은 낙수에게 대기하라 명했다. 어느 표국이 그것을 파내고 그것에 놀라 전전긍긍하고 있는 동안에도 움직이는 것을 허락하지 않았다.

낙수는 주인의 명에 따라 말들을 이용해 표국을 습격하고 그들을 몰아 세웠다. 그리고 표국을 비호하는 어떤 남자에게 극비리에 개발 중인 환상혈을 사용하라 명했다.

하지만 결국 주인은 표국을 비호하던 남자와 목적으로 한 그것, 둘 다를 방치하라고 했다.

광절로서는 도저히 주인의 의중을 헤아릴 수가 없었다. 하지만 그는 먼저 입을 열어 묻지 않았다. 주인이 그에게 가르

쳐 주지 않는 것은 분명 그에 맞는 의미가 있다는 것을 너무
나도 잘 알고 있었다.

사륜거 위에서 호화로운 자색(紫色)의 장포를 이불 마냥 덮고
있던 남자는 흑색의 안대로 가려진 눈으로 쓰윽 하늘을 훑었다.

"운치 있는 밤이로군."

모든 것이 예정된 길로 나아가고 있었다.

바뀐 길 또한 이미 예측에 포함된 것.

머지않아 신인(神人)은 세상에 강림할 것이다.

"정말 완벽한 하늘이야."

"……."

"영겁혈륭을 가진 이여, 얼마 지나지 않아 만날 그날을 기
대하겠네."

고요한 침묵을 뿌리는 하늘 아래 련(聯)의 주인은 오른팔로
머리를 괴며 안대에 가려진 눈으로 하늘에 나타난 천기를 가
득 담아냈다.


『전륜마라』완결

『우화등선』, 『화공도담』의 뒤를 잇는
작가 촌부의 또 하나의 도가 무협!

무림맹주(武林盟主), 아미파(峨嵋派) 장문인(掌門人),
군문제일검(軍門第一劍), 남궁세가(南宮勢家)의 안주인.

그들을 키워낸 어머니—
진무신모(眞武神母) 유월향(柳月香)!

어느 날, 그녀가 실종되는데……

"하, 할머니는 누구세요?"

무한삼진의 고아, 소량(少雨)에게 찾아온 기이한 인연.

세상과 함께 호흡을 나눌 수 있다면[天地同息]
천하의 이치를 모두 얻으리래[天下之理得]!

이제, 천하제일인과 그녀가 길러낸
마지막 자손의 이야기가 펼쳐진다!

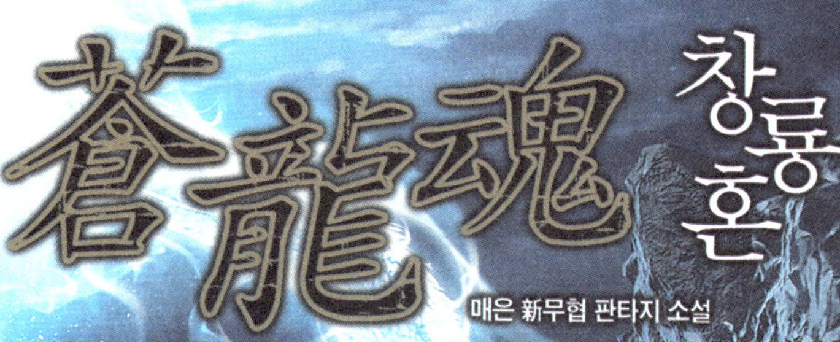

蒼龍魂 창룡혼

"나 좀 도와주면
내가 제자가 되어줄게."

당돌한 제자 상천과 그저 그런 사부 종삼의 황당한 만남!

철석같이 신검이라 믿고 익힌 단월검을
진짜 신검으로 발전시킨 검제의 이야기!

달조차 베어버릴
거대한 검의 신화가 열린다!

Book Publishing CHUNGEORAM